虚無僧と笛

岡本真穂

澪標

目次

装幀　森本良成
題字　上平梅径
カット　好井信子

虚無僧と笛

普化宗の賢如

私は博多の賑いの街から少し離れた寒村にある名ばかりの小さな庵の住職で賢如と申します。父は私が五歳の時に他界いたしました。

母の和子は京都の生れで代々伝わる琴の師範をしながら生計を成している裕福な家柄で何不自由なく育ったようです。

しかし運命なのでしょうか、琴と尺八と云う和事の催しで二人は出逢ってしまったのです。

出逢ってしまった、と申すには訳があります。

父賢了の宗派は普化宗と云う今では余り知られていない宗派で普化僧の教える檀家を持

たず、自給自足を原則とし尺八を持ち虚無僧となって門前に立ち布施をもらいながら生計を立てると云う厳しい教えを守る宗派だからです。和子の両親も普通のお寺の住職でないと云う事でその生活ぶりも心配し反対したようです。しかし母の決心はかたく貧しくとも賢了の妻となる事を選んだようです。父が他界した後も私をこの庵の住職にするため細々と琴の出稽古や近くの若い娘達に琴の手ほどきをしたり茶の湯の作法を教える毎日でありました。

少しお寺の事についてお話させていただきますが、現在の日本の宗派は十三あります。

法相宗　道昭
華厳宗　良弁
律宗　鑑真
天台宗　最澄
真言宗　空海
融通念仏宗　良忍
浄土宗　法然
浄土真宗　親鸞
時宗　一遍

臨済宗　栄西
曹洞宗　道元
日蓮宗　日蓮
黄檗宗　隠元

私達は「宗」と「派」を合わせて宗派と一つの言葉として使っていますが、正しくは大きな教団を宗と云います。

例えば浄土真宗にはいくつもの「派」が出来、例えば浄土真宗大谷派があり、又、それらの派が独立して「小宗派」となっている場合もあるのが実態のようです。私がなぜ宗派の事について申したかには訳があります。

私のお寺のルーツは禅宗で、曹洞宗、臨済宗、黄檗宗の流れをくむからです。釈迦の教えを瞑想し悟りに至る手段として心を解き放す。こだわらない事をめざしてひたすら座禅を組むのを禅宗と云うのですが、私の宗派は古代中国、唐の時代の僧普化をモデルにして成立った宗派だと聞いております。

普化は臨済宗のモデルになった臨済義玄と同じ時代に親交のあった人物で、催事は臨済のもとで過していたようです。

その普化が町へ托鉢行脚をする時、「明頭来也明頭打、暗頭来也暗頭打、四方八面来也旋風打、虚空来也連架打」と普化宗の唯一の経文と云われる四打の偈を唱えながら鐸（大きな鈴のような物）を振っていました。

その姿に感動した張伯という人物が、その音色を尺八に移して後世に残したとされています。その張伯が採譜した曲が、尺八古伝三曲の一曲「虚鈴（虚霊とも書く）」だとされ尺八曲の中でも重要な一曲だと考えられているようです。

この普化が鐸を振った行を、張伯が伝えたように吹笛する事で禅道修業をする、と云う事こそが普化宗の根本の教えなのです。

ちなみに普化や張伯が生れた頃の日本はどうだったかと申しますと、平安時代中期で、楽制改革（八四〇年）を始めた頃になります。

普化が鐸を振っていた頃からおおよそ三百年後の日本に移り鎌倉時代（一一八五年～一三三三年）のことで、源頼朝によって幕府が開かれ、北条政子との間に二人の男児が生れました。武芸に優れた兄を源頼家、和歌などを愛した弟を源実朝と云います。

鎌倉幕府を開いて七年後、順風満帆に進んでいるかに見えた矢先、源頼朝が急逝します。夫の菩提を弔うため、北条政子は臨済宗の僧、退耕行勇を戒師として剃髪、出家し高野山に禅定院（のちの金剛三昧院）を建立同寺に臨済宗の開祖、栄西（一一四一～一二一五）を招き開山をします。

鎌倉幕府は、三代将軍を兄の頼家に継がせますが、当初から武力に頼った暴君的なやり方で次第に御家人の信頼を失っていきます。ついに御家人に人気がある弟実朝を殺す事で我が子が三代将軍になる事を確実にしようとしますが、逆に御家人達に囲まれ、病気療養と云う名目で将軍職を剥奪、伊豆に流され、北条氏の手の者に一族もろとも刺殺されます。唯一、五歳の男児（公暁《こうきょう》）が北条政子の計らいで生き残り、源実朝の猶子《ゆうし》（後見人、義理の親子としての関係を結ぶ）として出家させられます。

その後三代将軍を継いだ実朝は文化の発信地でもある古代中国の宋に憧れを抱き自ら宋へ渡るための下調べとして、側近の葛山景倫に渡宋を命じます。

命を受けた葛山景倫が博多の津で宋への船が出るのを待っていた頃、凶事が起ります。義理の子でもある公暁による源実朝暗殺事件です。

兄の子として一命を助け我が子のように愛していた公暁に殺される事は何と皮肉な事でしょうか。

云い伝えによれば鶴岡八幡宮にあり、二〇一〇年の強風で倒れた大銀杏の陰に隠れ待ち伏せした末の暴挙だと云います。

その訃報を博多で聞いた葛山景倫は渡宋を諦め高野山に赴き亡き主君の菩提を弔うために出家し願性を名乗るようになりました。

高野山に上った願性は将軍家とゆかりのある退耕行勇を師として修業に励み、同じ師のもとで修業していた心地覚心（のちの法燈円明国師）と出会い、友情を育みます。さらに金剛三昧院（禅定院）で源頼朝と源実朝の菩提を弔うために、奉行の一人として建立、改修に助力しその功績が認められ、重要な津（港）があった由良荘（和歌山県由良町）一帯の地頭職を任せられました。

由良に移った願性は、西方寺（のちの興国寺、源実朝の西方への憧れから）を建立して主君の菩提を弔い、友である心地覚心が渡宋するための費用も援助したと云います。その代りと云うと変ですが亡主君実朝の念願を叶えるため遺髪の一部を渡宋する心地覚心に託したと云います。

宋へ渡った心地覚心は有名な禅寺院を巡りながら学を深め、ついに杭州の護国仁王寺で無門慧開《むもんえかい》に出逢い修法を継ぎました。それによって羊頭狗肉（実質が伴わないもののこと）の四字熟語で有名な無門関《むもんかん》を日本に持ち帰ったといいます。

又、そこで普心禅師の教えを守る張伯から数えて十六代目の子孫と出逢い、普化の振鐸の行を尺八とともに習い四人の居士、宝伏《ほうふ》（法普）、国佐《こくさ》（国作）、理正《りせい》、僧恕《そうじょ》（僧如）を日本へ伴って自分は尺八は吹けなかったが尺八が吹ける四居士を日本へ連れ帰ったと云われています。

こうして日本へ帰国した心地覚心は願性の招きに応じて、西方寺の開山として住職を務め西方寺は尺八伝来の地となったようで他にも心地覚心は誰もが知る調味料のしょう油や味噌の元となった金山寺味噌を同地に伝えたとも云われています。

又のちにこの地は西国の人が伊勢参りや熊野三山に参拝する時は鷲峰山(西方寺の山号)に立ち寄らなければ意味がないとまで云われ心地覚心の名声は亀山天皇から住職としての古刹、名刹の開山について問われたと云います。

心地覚心が日本に帰ると世の人は大禅師と慕って、多くの人が弟子になりたいと西方寺に集まるようになりました。その中に非常に熱心に学ぶ寄竹という人物がいて、そんな寄竹を心地覚心も気に入って秘伝の笛の音を伝授したといいます。

その寄竹が禅道修業をするために伊勢の丑寅の方角、朝熊山《あさまさん》の山頂にある虚空蔵堂に籠って瞑想していたところ、ふとうたた寝してしまい霧の海上に響く尺八の音色と霧が晴れて虚空から響く尺八の音色を夢で聴きました。

そしてこの霊夢から（霧海篪《むかいぢ》）と（虚空篪《こくうぢ》）と云う二曲を得たといいます。

その後、いつの頃からか、寄竹は宇治に吸庵と云う庵を結び虚竹禅師と云われるようになりそこから数えて五代虚風が楠木正勝（南北朝時代の武将、楠木正成の孫）に普化吹禅を伝授したと云われています。その正勝が虚無と号して行脚したころから虚無僧が広まったと云われています。

心地覚心が日本に帰りしばらくして禁裏の護衛をしていた男が喧嘩《けんか》の末誤って同僚を殺してしまいます。とんでもない事をしてしまったと気づいた男は、由良の興国寺に駆け込み、心地覚心に事情を話すと横にいた四居士の一人、宝伏は立ち上り都へと男の助命嘆願に向ったと云います。その助命嘆願もなかなか聞き入れられず「それならば男の代りに（私）宝伏を罰して下さい」と云ったところ、どこからかその話を聞いた後深草天皇が「かの者の心こそ、真の仏道の自己犠牲に適うもの」と助命嘆願を許したと云います。

その後宝伏は由良に戻らず都の近くの宇治に庵を設けて修業を始めます。それを慕って靳先《きんせん》（金先）、括聡《かっそう》（活惣）、法義の三人の弟子が集いました。

三人を伴った宝伏は托鉢行脚をしながら東へ下り下総小金（現千葉県松戸市）で入寂します。靳先はそこで一庵を結んで後に一月寺となり、括聡は武蔵国（現東京都西部）に鈴法寺を、法義は上野国（現群馬県）に根笹派の祖となる慈常寺を設けたと云います。

始めの頃に書きました、普化の唯一の経、四打の偈について少しふれてみたいと思います。

明頭来也明頭打《めいとうらいやみょうとうた》
暗頭来也暗頭打《あんとうらいやあんとうた》

四方八面来也旋風打《しほうはちめんらいやせんぷうた》
虚空来也連架打《こくうらいやれんかた》

この四打の偈《した げ》（明暗両打の偈）は、前にも書きましたが普化宗の始祖とも云う普化禅師が冷鐸《れいたん》を振りながら唱えた言葉だと云われています。そのため普化尺八にとってとても大切な言葉とされているのですがその重要性は普化尺八に限られたものではありません。神話としても有名で「臨済録」にも重要な禅問答として書かれていてその意味を探求されています。

そして偈を直訳するとこの様になる様です。

正面から打って来れば正面から打ち
背後から打ってくれば背後から打ち
全面から打って来ればつむじ風のようにめった打ち
意表外から打ってくれば無念無想で打つ

となります。

武家社会だった鎌倉時代から戦国時代であればこう云った心構えはごく自然なものかも知れませんが現代社会に合わせてみればこの解釈は少し乱暴なように感じます。

これなら「やられたら、やり返す」と云っているようで私には解せません。

この様な意味に解した人がおりました。
明るく接すれば、相手も笑顔で応える
いやみで接すれば相手もいやな顔をする
周りの目が恐ろしいと思えば恐ろしくも見え
いいと思えばよく見える
善行悪行もいずれは己のもとへと帰って来る
私はこの解釈が普化禅師が云いたかった事だと解釈して居ります。
このようにして江戸時代に入ると虚無僧と尺八文化も広まりを見せ虚無僧の特権を認める許可証「慶長之掟書《けいちょうのおきてかき》」（普化宗御掟目（一六一四年）徳川家康が定めたとされている）の存在がありました。その内容は
①武士階級の者だけが出家して虚無僧になる事が出来、いつでも還俗する事が出来る
②全国の関所を自由に通行出来る
③面体を晒さず、天蓋《てんがい》（深編み笠）をつけたままでいい
④木剣や刀を所持してもいい
など全部で十ヵ条もありました。このように圧倒的な特権のおかげで全国的に虚無僧寺も出来たのです。その数は判明しているだけでも百二十余寺もあったと云います。

しかしこのような特権のもとで出家して虚無僧になったすべての者が「普化吹禅に熱心」と云うわけには行きませんでした。

門付（家の戸口に立って、米銭お布施を乞う行為）を行ってもお布施が少ないと居座ったり、喧嘩口論になったり、金品の強奪といったこともしていたようで虚無僧の特権を利用しようとする偽虚無僧といった特権に釣られた偽物《にせ》の存在もあったようで、こういった被害報告は一七〇〇年頃から抗議書や虚無僧の取締りを幕府の奉行所に届くようになったようで「本当に神祖、家康公がそのような特権をお授けになったのか」と、怪しみだし一月・鈴法両寺を呼び出し住職に説明と「慶長之掟書」の原本の提出を求められましたが「火災によって焼失した」とうやむやにされます。

しかし虚無僧の行状にしびれを切らした寺社奉行は幕末期の始まりを告げる黒船来航（一八五三年）の数年前についにこう申し付けます。「掟書が存在したかは甚だ疑わしい」と云い切ったのです。

幕末を経て明治維新になると、虚無僧達にとって驚天動地の事態が起ります。明治政府によって発布された神仏分離・太政官布告一八六八年（慶応四年）の法令と、それに伴う普化宗の廃宗一八七一年（明治四年）です。

いままでやりたい放題で徳川幕府とも密接につながっていた虚無僧らは新政府によって

その絶大な特権を剥奪され虚無僧として生きる事を許されなくなったのです。京都明暗寺の最後の僧だった自笑昨非は、明暗寺の寺宝を東福寺塔頭《たっちゅう》の善慧院《ぜんねいん》に預けて還俗しわずかの土地を手に入れて寂しく暮らし、明暗真法派で有名な尾崎真龍（一八二〇～八八）は和歌山県新宮市へ戻って慎しく暮らしたと云います。その件について呼び出された久松風陽の弟子で当時の尺八、三曲界の中心人物であった吉田一調（一八一二～八一）は尺八は普化宗の法器と云うだけではなく、古代から脈々と受け継がれてきた楽器であると云う事を切々と説明し新政府側の理解を得たといいます。もしもこの時吉田一調の説明が受け入れられなければ尺八文化はどうなっていたでしょうか。

それから一二年後の一八八三年（明治一六年）、京都の東福寺が火災に遭い、その再建のため勧進（寄付集め）を行った際に一時的に東福寺と所縁《ゆかり》がある虚無僧の参加（復活）が許されます。さらに七年後（一八九〇年）には樋口対山《ひぐちたいざん》（鈴木考道《すずきこうどう》）（一八五六～一九一四）を中心に東福寺の塔頭の中に明暗協会を設立し以前と同じとはいきませんが何とか虚無僧として吹禅や托鉢行脚を行う事が許されて、苦節一九年、虚無僧と笛と云うかすかな普化宗のかかわりの人は地方にばらばらになりひそかに余生を送ったといわれています。

私の父賢了もその流れを汲む一人なのでしょう。

私賢如も不思議な運命のもと、父が秘かに生きた寂庵という庵と一管の笛をよりどころに生きている所です。

蓮華畑

父が残した三畝半程《さんせはん》の田んぼは秋には実り、少しばかりのお米が採れ、仏様に供える佛飯や私達親子の感謝の食べ物にもなります。梅雨の田植をする前の田んぼには蓮華草の花が田んぼ一面に咲きそれはそれは美しい景色をみせてくれます。この蓮華草の花はゲンゲと云って中国産のマメ科の二年草で室町時代に渡来したようです。レンゲ田は緑肥として人為的に田に蒔かれていたようで、マメ科の植物の根にはバクテリアが豊富にあり空気中の窒素を固定し貯え土を肥やすと云う優れた性質を持つため田舎の人は蓮華草の種をよく蒔いていたようですが、今では私の畑ぐらいでしょうか。

私は田植の前にレンゲ草の根ごと鋤き込んで水を張りイネ苗を植えます。イネの育っている夏に蓮華草の種子を蒔くと秋の刈入れの頃に発芽して冬越しをし春に開花してくれるのです。

祖父、父、私と素人なりに引き継いで来ました。田んぼは春の風物詩になり紅紫色のじゅうたんを敷いた美しい極楽浄土になります。私も時折尺八を吹いたり、田んぼに寝て青い空を見上げ蓮華草と書くレンゲを仏様の足元に咲く蓮の花に思いが至り一人うれしくなるのでした。

私の持つ三畝半ほどの小さな田んぼには時おり子供達がこの時期を待つようになって居りました。

その中に少し気になる子供が居ります。私の寂庵から少し離れた所に菜園があり数人の大人につれられて、三歳ぐらいから四、五歳ぐらいの子供達がダンボールの箱の中から先生の仕事を見ているのです。しばらくすると、四、五歳ぐらいの少し大きい子供は、センセイとか、シスターとか云いながら先生のそばに集まっていました。

そして私が蓮華草の咲く畑の主と解ると、先生は

「すみません、子供達をこの田んぼの中に入れさせていただいてもいいでしょうか」

と聞いてくれます。

私は待っていた様に満面の笑みで迎えます。なぜなら蓮華の花は仏達の足元に咲く蓮の

花に似て、仏様は子供達がうれしそうに花を摘んでいる姿を見ていてくれる事と信じるからです。そしていつのまにか子供達も春の蓮華畑を待つようになっておりました。

一年に一度私の田んぼで遊ぶ子供達は私の庵から少し離れた所にある親のない子供を預る乳児園を兼ねそなえた子供園で私設の「ゆりかご園」と云う所の子供達だと云う事が解りました。

園長先生は百合子先生と呼ばれる方で、四十なかばの若く美しい先生です。園には百合子先生の父古賀正道と訳あって子供一人つれて、百合子先生の園を手伝っている妹のすみれさんの三人が中心になって運営しているようです。

私設と云うのは百合子先生の父の生家が博多の町中にあり正道の両親は老夫婦二人で元気に生活していましたが、母が病気になり他界、母の死を追うように父も他界してしまったそうで、一人息子の正道は大学の受験を機に東京の人となり二人の娘も生れ老いた両親の生活を気にかけていた矢先の出来事で、せめて先祖の墓《はか》を守るために娘達には伝えないまま自分の老後は博多でと心の中で決めて居りました。

正道の妻のくみ子は大学時代の友達で、東京にくわしく、くみ子のやさしさは正道を東京に止める要因にもなって居り、博多の両親には申し訳ないと思いながらも結婚し東京の生活が生れた地より長い住家になって居りました。

ただクリスチャンだったくみ子が勧める洗礼のさそいだけは聞き入れませんでした。

正道は定年が間近になる事も考え娘達に自分の老後の事を伝えようと決心をしました。元々身体の弱かったくみ子は六年前に他界して居りました。

娘の百合子は幼少の頃父の不注意のため（正道はそう思っているのだが）始めて買ってもらった三輪車を久しぶりに海外出張の多い商社マンの父が公園につれて行ってくれた時の出来事で、父の押す三輪車の後にやはり三輪車から二輪車に乗り変えるため練習している小学一年生ほどの子供がふらふらと百合子の自転車に突っ込んで来てしまったのです。正道は小さい男の子に叱る事も忘れて大丈夫かと聞いてやさしく返しました。

百合子は右の足首が痛いと泣いていましたがすぐ病院に行き先生の手当を受けました。それでも骨折のうたがいは晴れませんでした。大きな病院にも行きましたが成長期の子供の骨折は思ったよりむずかしい様で正道の心配をよそに少し後遺症として残ってしまいました。正道は百合子の婚期を逃したのも自分のせいではないかと心を痛めましたが、百合子は明るく美しい顔をして日々過して居りました。

正道の老後の事も静かに聞いてくれました。

二人の娘は母の望むクリスチャン系の学校に入り大学を卒業、百合子は教養課程を終ると福祉科を選び、いつかは母の言葉通り可愛そうな子供を助けたいと思っていました。すみれは明るく、ほがらかな娘で大学で一般教養課程が終ると英文を専攻しフランス語も受けていたようです。

百合子は父の思いを聞き父と一緒に九州に行きたいと云うのでした。

一緒に父の話を聞いていたすみれも「私も一緒に行かせて下さい」。正道は二人の娘の言葉に少し時間を置いて、

「じゃ行くか、皆んなで新しい人生も、いいかもな」

正道は決心をしたように云いました。

すみれもそれなりに事情があったのです。明るいすみれは会社でも評判の娘で人気者でした。入社して三年目にプロポーズされ同僚の男性と結婚し幸せそうに見えましたが長女の奈美が生れてしばらくすると夫の出張が多くなり、すみれの元同僚の友人から「少し気をつけてね」などと、すみれを傷つけない程度の助言もありました。しばらくして日曜日に仕事と云って出かける夫を正した事から夫の浮気が現実の事となり、クリスチャンのすみれは真面目だったため自分に何か落度があったのでは……と一人悩み、教会にも行き、自問自答の日が続きました。そして奈美のためにも自立の道を捜さなくてはと思っていた矢先の父の話で、百合子が母の言葉を実行したいと云った言葉も、すみれにとっても有難い出来事であのやさしい母の言葉が九州行を決心させたのです。

一、緑の丘の　赤い屋根
　とんがり帽子の時計台
　鐘が鳴ります　キンコンカン
　メーメー子山羊も　ないてます
　風がそよそよ　丘の上
　黄色いお窓は　おいらの家よ

三、とんがり帽子の　時計台
　夜になったら　星が出る
　鐘が鳴ります　キンコンカン
　おいらは帰る　屋根の下
　父さん　母さん　いないけど
　丘のあの窓　おいらの家よ

すみれは、母のよく唄っていたあの唄を口ずさんでいた。

九州行が決ると父の正道は定年までのわずかな時間を会社のために真面目に過しながら週末には東京から博多と忙しい日々が続いた。東京の家の処分、正道の実家の処分、私設乳児園認可条件等、それは多忙をきわめるものでした。

祖父も父も公務員、極めて裕福な家系ではなかったが真面目に生きた人達でした。

中学、高校と九州で過した正道にはなつかしい友人も多くおり、会社の社長、病院の医院長など逢えば話の長くなる人達ばかりで人生の最後をふる里に選んだ事に満足していた。

分厚い児童福祉六法と云う本を参考にもしたが、祖父の知り合いや病院関係の人々のアドバイスもありがたいものでした。

百合子は園を作る場所は町中より少し離れた静かな場所を希望し、すみれも同感でした。父の遠縁にあたる、はるさんによって土地の購入もスムーズに行きました。はるさんはその土地で生れ土地の事を熟《じゅく》知するスーパーおばさんでした。

高校を出て土地の人と結婚、二人の子供を育て、男の子と女の子の二人はすでに結婚し博多の市内に住んでいます。しかし五年前に他界した主人との思い出の家を守るために長男の同居の申し入れも明るく断り、婦人会の手伝い、老人ホームの週二回のボランティア、地域の祭りの炊き出し等、この土地の人達にとってなくてはならない人になっていました。

正道は、はるさんに経営者の一人になって欲しいと頼んでみたが自信がないと断られてしまいました。親のない子、捨てられて自分が誰の子かも解らない可愛そうな子供を預り育てると云う、百合子の真面目な姿勢に、はるさんもよく理解し裏方として何でもさせて下さいと、百合子やすみれにうれしい言葉で答えてくれました。

父とはるさんの時々出る九州弁の会話は二人の娘にとって、ほほえましい光景でした。

購入した土地は、正道やはるさんの遠縁にあたる人が持っていた土地で無人の家が手入れされていない雑草の中にありました。持ち主は正道や百合子が成したい事業の意志をくみ寄付したいと云ってくれたがそうもいかず安く売って下さいと正道の予想よりはるか安く買う事が出来ました。

二百坪程ある土地は古い家がある所を中心に家の撤去と整地がされ、残りの百坪の所有地を解るように白いペンキで塗られた板壁が五センチ程のすき間を置いて低く建てられました。事務所、キッチン、食堂、プレイルーム、トイレ、シャワールームと少し大きめのお風呂。庭には子供達が手を洗う事の出来る低い位置に水廻りの場所も作られた。

廊下を挟んで子供達の寝室が有りフローリングの広い部屋には冷暖房が完備され左右に白とブルーの壁が半分ずつ色分けされて、ブルーの壁の方には男の子供達のベッドが白いペンキで塗られ、白い壁の方のベッドにはピンクの色が塗られ、やさしい色調で、すぐ女の子のベッドと解るように工夫されていた。子供達のベッドは左右に可愛らしく五つずつ並んで置かれていて、白いベッドにはブルーの布団と枕カバー、ピンクのベッドの方にはうすいピンクの布団と枕カバーが用意されていた。

それぞれのベッドには突起のない様に工夫された名札置き場も作られた。子供にとって少しでも怪我のないようにするのが百合子達にとっての気遣いだった。

となりには年齢のたかい子供達のため六帖程の部屋が二つあり女子用と男子用に分けられて、計八人は利用出来るようにしていた。どちらも子供達の好きそうなキャラクターの寝具が用意され百合子やすみれは、はるさんの情報を受入れながら少しでもいい物を安く買いたいと奔走した。

子供達の部屋はそれぞれ機能にあったシンプルな収納家具が美しく配置された。

一番気を使ったのがプレイルーム、子供達が一番長く居るであろうその部屋が子供達にとって、幸せの場所にしてあげたかった。

壁面には小鳥や小さな動物が遊びやさしい花が花畑のように薄い色で書かれていて壁面だけに作りつけの収納を兼ねた椅子にもテーブルにもなる箱の様な物が並んでいた。フローリングにした床も子供達がころぶ事を予想してうすいブルーのカーペットを敷く事にした。よごれる事も配慮して高価な物はさけた。百合子やすみれが小さな時に弾いていたオルガンも部屋の隅に少しはずかしそうに置かれていた。

母が小さい時に読んでくれた日本の童話や外国から持ち帰った父からのクリスマスプレゼントだった色彩のきれいな童話の本なども壁面のボックスの中に百合子はそっと入れて

置いた。

いずれ今の子供達が必要とするであろう童話や絵本、普通の家庭で育つ子供がふれる物や音の出るおもちゃも研究しなければ、と、百合子はこれからゆりかご園に来る子供達の現実を目の前にする事を自分の度量で受け止められるか少し不安にもなった。

父正道の部屋すみれの部屋そして百合子の部屋も狭いながらも作られた。父は好きな本に囲まれ、すみれは奈美と二人のためにシングルのベッドを二つ入れどうしても奈美のために収入を得たいと翻訳の仕事をするためのパソコンの置き場所を工夫した。収納つきのベッドも二人のためには充分利用価値があった。パソコンの置くテーブルも昼の間は奈美の勉強机にもなった。

ゆりかご園のコンセプトは明るく清潔。色調は白とブルー、どの部屋にも出窓がある事を条件にしていたので明るい日差し戸が大小はあるが外の景色を見る事が出来た。

百合子の部屋は飾り気のない部屋に机と椅子、小さなドレッサーとベッド、机の上には母の写真とイエスキリストとマリア像が静かに飾られていた。寝る前には子供達の幸せと今日一日の感謝の祈りをするためだった。

二〇〇九年三月待望のゆりかご園が開設されました。開設までには百合子とすみれは出来るだけ多くの福祉施設を見学させてもらい父正道も出来るだけ同行したいと熱心でした。

開園して一週間も経っていない日曜日の午後、三歳になろうかと思われる可愛らしい女の子を連れて若い男性がゆりかご園に子供を預かって欲しいと云って来た。百合子は児童福祉関係の所からの紹介かと聞いてみたがそうではないらしい。百合子はやさしくその男性の事情を聞く事にした。始めての事なのですみれ先生も事務方の正道もその男性に同席を許してもらった。男性が語るには、妻の産後の肥立ちが悪くどうにかこの子が一歳半までガンバッテ生き育ててくれたのだが持病の肝臓の病気が悪化して他界してしまったそうで妻との結婚前のもめ事で妻の両親には預けたくない事情もあり一人で乳児園、保育園など預けながらガンバッタが力つきてしまったと云うのだ。この子が小学生になれば迎えに来たいのでそれまで預かって欲しいのだと云う。

百合子は真面目そうなその父親の顔をみながら、大丈夫ですよ、貴方がお迎えに来るまでお預りしましょう。父の正道もうなずいた。

マニュアル通り父の住所、氏名、年齢、勤め先を証明する物、ケイタイ電話か何か連絡出来る事。

子供の名前と生年月日、出生証明が出来る母子手帳、予防接種の種類、血液型、アレルギー有無等、園に預るために事こまかく書かれた書類を渡しこれらを揃える事と父の住民票と勤め先の会社の確認が取れる物をかならず用意する事を約束し

「いいですよ！　明日書類を揃えて来て下さい。私達もガンバッテこの子をお預りします。一緒にこの子を幸せにしましょう」

「この子の名前はなんと云いますか」

「「木実」と書いてこのみと呼びます」

「このみちゃんね、では明日お待ちしております」

若い父親は安堵したような顔で木実ちゃんを抱っこすると、よろしくと深く礼をして帰って行った。

木実ちゃんはしばらく父との別れの日の来る事を知らぬげに父親の首に小さい腕を回しながら小さな声でバイ、バイ、と云った。

書類を揃えた父親は木実の着ていた衣類を少しと時々読み聞かせていただろう大きなうさぎの絵が書かれている絵本を二冊小さな紙袋に入れて百合子先生に、時々様子を見に来ます、かならず迎えに来ますからよろしく、と、現金二万円の入った封筒を渡した。

面接の時、預る費用の事を聞かれたが、一応戴かない事になっています、しかしこの園を運営していかなくてはなりませんのでこの園への寄付として戴けるのならよろこんでいただきます、と伝えていた。

木実ちゃんが預けられた日から百合子達にとって夢見ていた事が現実のものとなり緊張

で少し無口になった。

はるさんは開園と同時に六時半にはゆりかご園に来て正道、百合子、すみれと一緒に朝食をする事にしていた。百合子の提案でもあった。七時でも、と、百合子の気遣いにも、年寄りは朝が早いのよーと、明るく振るまってくれた。

父の正道も年寄りのせいにして六時頃から手つかずになっている土地の一角に植え変えられた亡両親が毎日見ていただろう柿の木や、母が茶の湯の稽古の時によく使っていた赤白の椿の木が根づいたか、気がかりなのか見入っていた。

さすがに根づきの良い紫陽花の木は丈夫そうな葉をつけていた。

園から少し離れた所にあるこの地の小学校に奈美は通っていた。この園にいる子は小学生になると義務教育のため学校に行かなくてはなりません。中学、高校とゆりかご園にいる子供達は普通の子供達と同じように教育を受ける権利を持っているのです。そして就職し自活出来るようになるとこの園から巣立って行くのです。百合子はこの園で育った子供達がいつまでも幸せである事を確認しながらいつまでも両手を広げてこの子達の人生を見守りたいと思っていた。

このみちゃんが園に来て一ヶ月もたたないうちに三人の子供が社会福祉協会から紹介で入園した。

パチンコに夢中になり子供に食事を与えず痩せ細った子供を保護し、福祉協会が責任を持ってしばらく様子を見ると云う事でゆりかご園で預る事となった。後の二人は親の育児放棄だ。

開園して二ヶ月が過ぎた梅雨の明けきれない日に一人の男の子がある病院から白いうぶ着に包まれて百合子の元につれて来られた。正道の知りあいの病院の先生からの紹介で、一さいの痕跡を残さずへその緒も処理されないまま捨てられた赤ちゃんなのだ。その病院は善意で一人でも子供を助けたいと、善意の場所を作ったのだ。その場所に置かれる子供は、しばらく助けて下さいとか、手紙をそえる親もいた。しかし百合子の元に来た子は、病院で対面した日が生れた日で病院で子供が置かれた瞬間ナースセンターにあるランプが点灯され、ナースはすぐに医師に連絡し赤ちゃんの体温を確認し置かれた赤ちゃんはまず感染症を疑い隔離する。スタッフはガウンを着て採血し、レントゲンを撮り医師が健康チェックをする。何グラムで生れたのか、予防接種は受けているのか、アレルギーはあるのか、心疾患はないのか。母親の妊娠週数はどのくらいだったのか、何の情報もない子供への対応は慎重にならざるを得ない。しかし医師もナースもこの赤ちゃんが無事に生きてくれる事をねがって対応するのだ。

赤ちゃんが病院のポストに置かれると病院は出来る限りの赤ちゃんのケアをし熊本県中

央児童相談所（中央児相）に通告をします。中央児相の担当者は病院側の人と置かれた子供達の将来のために出来るだけ多くのデータを集めます。置かれた時に子供が着ていた服の流通ルートなどわずかな手掛かりを元に徹底的に調査をします。もし親が分かった場合は親のもとに会いに行きます。「やっぱり、来ると思っていた」と素直に認める人もいれば、「何の事ですか。私ではありません」と否定する人、「匿名だったんじゃないのか」と激しい言葉を浴びせる人もいた。中央児相の立場はなるべく生んだ母親の手で子供を育てて欲しいとさまざまな努力をするのだが、ゆりかご園に来た生後二ヶ月の赤ちゃんは何の手がかりもなく病院に置かれた赤ちゃんを保護するとともに警察と児相に連絡する置かれた子供は、戸籍法上「棄児《きじ》」として扱われる。いわゆる「捨て子」と云う事になる。警察や児相への連絡は「捨て子を発見した申告」と位置付けされ警察は置かれていた時の状況を「棄児発見申出書」に書き、熊本市に報告する。児相は子供を一時保護する。この捨てられた子供を助けようとした病院の院長は、不妊治療をしてもなかなか子供が授からない人に育ててもらえれば一番理想の型になると考えていた。

棄《き》児の名前は市長が命名する事になっていた。そして、健（たける）と云う名が誕生した。

正道の知人からの紹介でゆりかご園誕生に種々世話になった病院に置かれた子供という

事と、百合子の信じるキリスト教の病院からの縁である事からも、健という赤ちゃんと養子縁組をする事に何の違和感も感じなかった。

そして健は古賀百合子先生の子供となった。

生後四ヶ月ほどは百合子先生のベッドのそばにベビーベッドが置かれ百合子中心で子育ての時間が過ぎた。そして六ヶ月程たつと首もしっかりして泣く事も少なくなった事もありすみれやはるさんの目の届く所にそして百合子先生の仕事も順調に行く様に預かった子供達が寝起き出来る寝室の方に小さなベッドが運ばれた。ベッドのさくは少し高めに作られ事故のないように工夫された。

正道も目をくりくりさせながら笑う健に目を細めながら実の孫のようにあやすのだった。

そして健は三歳になっていた。

二〇一一年三月十一日。

乳児園ゆりかご園の先生達は食堂にあるラジオのそばで子供達に少し静かにしてねと云いながらそこから流れるアナウンサーの声に動揺していた。

「お父さんテレビをつけて下さい」

百合子先生の声。

父の居る事務所にあるテレビのスイッチが入ると、父の正道はこれはいかん、どうした事だ。
金曜日の十四時四十六分東日本大震災の知らせのテレビの画面がゆれていた。そして津波が来た事が知らされ、正道のひざの上にすわっていた健は三歳のあどけない顔で不安げに大人達の恐怖に満ちた顔色を見ていた。
はるさんが手で口をおさえながら「えずか――」と意味不明の言葉を云っていた。（博多弁で恐ろしいという意味らしい）
園の大人達は我が事のように言葉を失っていた。子供達に大丈夫プレイルームに行って遊ぼうね、と子供達に事の重大さを伝えないようにふるまった。
二、三日は正道も百合子もラジオから聞こえるニュースを我が事のように聞き入っていた。
それは日本人すべてがこの惨事を我が事のように悲しんでいた事柄だった。日に日に伝わるのは東日本大震災と名称されその災害の規模の大きさだった。地震の規模はモーメントマグニチュード九・〇で発生時点において日本周辺における観測史上最大の地震で震源地は広大で岩手県から茨城県沖までの南北五〇〇キロメートル、東西約二〇〇キロメートルのおよそ一〇万平方キロメートルに及んだ。最大震度は宮城県栗原市で観測された震度七で宮城、福島、茨城、栃木の四県三十六市町村と仙台市内の一区で震度六強を観測された。

この地震によって場所によって波高一〇メートル以上、最大遡上高四〇・一メートルにも上る巨大津波が発生し東北地方関東地方の太平洋沿岸に壊滅的な被害が発生した。テレビに写る画面は津波によって流される家や人々の姿。波に追いかけられ逃げまどう人々の姿が痛々しく私達に伝わった。

津波によって流されたりこわれた船の被害は二万八千六百二十隻。

津波による溺死一万四千三百八人。地震による圧死損傷死、その他、六百六十七人。火災による焼死が百四十五人。不詳が六百六十六人と当時の情報に書かれていた。

正道は毎日のテレビやラジオを悲しみの中で見聞きしていた。

健は何かを感じているのか、正道のそばにいつもいた。

時々悲惨な情報の合間《あいま》に流れる東北地方の民謡なのか尺八の音が人々に元気を出してくれ、海でまだ生きている人々に聞こえてくれと云わんばかりに悲しげに流れていた。

健は正道の膝の上でその悲しげな音を聞き入るように何も云わず聞いていた。

正道もラジオ局の気遣いであろうこの悲しげな笛の音を東北人の悲しみの音とその美しい音が東北人のなぐさめになる事を心から願っていた。

東日本大震災が刻々と伝えられる中、ゆりかご園も平常を取り戻し災害があった時の園の対策なども真剣に話し合った。

百合子は自室に帰るとマリア様やキリスト様に心からのお祈りをするのだった。「どうか東北の子供達にあの恐怖を忘れ幸せの日々が訪れます様に」と。そして日赤を通して募金もさせてもらった。

賢如も母の和子も東北の出来事は我が事のように恐ろしく悲しい出来事ととらえていた。賢如は毎日普化宗の地無し尺八で冥福を祈った。音量は少ないがまるで空間へ溶けていくかの様に自然に響き情緒豊かな歌声のようでもあり、あるときは荘厳な観音経のような祈りの笛で、東北の方向に座して、仏様に東北の人々への安寧を祈った。

東北の地震の話も復興して行くニュースに変る頃、健は小学生になっていた。

春の蓮華畑の縁で百合子先生の承諾のもと健はたびたび寂庵に遊びに来るようになっていた。

寂庵に来るとかならず
「賢如様あの笛を吹いて下さい」

美しい目をいっそう大きくして賢如にせがむのだった。

健は百合子先生から賢如様は立派なお坊様、決して雑な言葉を使ってはいけません、と、いつも教えられているためか、子供らしさはないが、賢如様かお坊様かをきちんとした態度で使っていた。十一年三月十一日正道の膝の上で、テレビを観たあの光景と、ラジオから流れた悲しげな笛の音を幼かった健は忘れる事が出来なかったようだ。

来るたびせがむ健の笛の所望は賢如にとってもうれしい出来事だった。

普化宗の尺八は現代尺八（地塗り尺八）のように華やかさはないが精神性を重んじるため宗教儀式や独奏に主眼が置かれているためかその音は奥深く、もの悲しげに聞こえ健はその静かなもの悲しげな音が好きなのかも知れない。

あの時流れた尺八は津波によって流された人々、がれきの下で助けを求めている人達に助かってくれ、もうちょっとすれば助けに行く、これがおまえ達の知る東北の魂の笛ぞ、聞こえるか、負けるな、あきらめるな、助かってくれ。ＮＨＫのこの時間の担当者の胸中をこの民謡のような尺八の音に託して流したのに間違いはないだろう。

健はテレビで観た画面と始めて聞く尺八の音が母が子を、子が母を捜す音色に聞こえたのではないだろうか。

ゆりかご園も少しの子供達の出入はあるが事故もなく平穏な日々が続いた。

ゆりかご園に父親につれられて来たこのみは小学三年生になっていた。父親はなるべく早く引き取りに来ます、と云っていたが、百合子達に懐く様子を見て、無理につれ帰ってても、カギっ子になるのは目に見えていた。園のやさしさに甘えてもう少し預ける事にした。

月に二度ばかり、ゆりかご園に来て、このみと遊んだり、空地の庭の草刈を手伝う事もあった。

そして、かならず寄付ですと云って二万円を封筒に入れて百合子に渡した。

小学生になった健を、お姉さんのように、学校行き帰り、「右側を歩くのよ」とか「忘れ物はない」とかそれはおしゃまな先輩だった。

尺八の音には興味はないらしいが春の蓮華草が咲く田んぼのシーズンになると何人かのゆりかご園の子供達にレンゲの首かざりを作ったり、頭に乗せる王冠を作ったり小さい子供達の面倒も見てくれるようになっていた。

春の蓮華畑の花も終り寂庵の畑も鋤き耕され来年の米の収穫を願う準備に入った。

いつものように、近くの農家の人から借りたトラクターでレンゲの根ごと耕され苗代に水を張り、賢如と母の和子と二人で田植をするのが父亡き後の仕事だった。

率先して田植をしていた和子もこの頃「もう足がいたくて」と愚痴をこぼすようになっていた。

絵ハガキの様にきちんと行儀よく並んだ苗は梅雨の雨をいっぱい吸って青々とした稲に育って行く。真夏の太陽がさんさんとふりそそぐ頃蓮華草の種を田んぼ一面に蒔いておく。秋の刈入れの頃に発芽し寒い冬越しをして、四月の蓮華畑の開花期を迎えるのです。

賢如の一番体力を使う時期と仏様や子供達と逢える極楽浄土のよろこびの時期でもある。今年は梅雨の晴れ間に健も田植された田んぼを見たいと言って来た。学校が始まり以前ほど、寂庵に来る回数も少なくなっていた。

母の和子は久しぶりに来た健のために、健の大好きな甘めに味付された玉子焼と庭で採れた青菜の漬け物を小さく刻んでごはんに煎りゴマを少し入れておにぎりを作り、のりに包んで小さなタッパーに賢如と健のために二つの弁当を用意した。そして大きなヤカンで煮出した麦茶もほど良いあたたかさで水筒に入れられ賢如に

「おやつ代り」と云って渡した。

二人は昼には早いひとときを元気に育っている苗代の横にある空地に座った。

健は美しい目を苗代に向けながら

「賢如様はお坊さんでしょ」

「うんそうだ」

「お坊さんてなんですか」

「仏様てなんですか」

「ほお、どうした。むつかしいことを聞くな」

「はい」

「お坊様の事を語るのには少し時間がかかるが、いいか」

「はい」

昔々インドの北部、ヒマラヤの南麓にある小さな国（カピラ）の王子として生れた男の子がおりました。父はカピラの国の国王の浄飯王、母は摩耶と云う人でした。カピラ国は農業を中心とした豊かな国でしたが、カピラは小国だったので、西隣りにあった、マーサラ国に従属した立場にありました。ある日摩耶夫人は出産のため自分の故郷コーリヤ国に里帰りします。

その途中に立ち寄った、ルンビニーの国で突然産気をもようして、王子を出産しました。

摩耶夫人の右脇腹からこの世に生れ出た王子は、自ら七歩歩み、右手で天を左手で地を指して「「天上天下唯我独尊」。あめがうえ、あめがした、我独《ひと》り尊し」と声を大きくして降誕宣言をしたのです。

天から甘い雨が降り王子の身体を洗い清めたと伝説は伝えています。天上天下、この世の中で私と云う存在は唯我独尊として生きている。つまり自分はかけがえのないたった一人で、とても尊い命をもっている。この事に気がつく時、ほかの人びとの存在も同様であり、すべての人びとの存在も同様である。すべての命の尊さが自ら わかり生きとし生きる物すべてが尊い存在であることに気づくはずであると云う仏教の精神を宣言したのです。

生れたての子供が立ち上って右の人指し指を上に、左人指し指を下にして言葉を発したと云う事です。健は不思議に思うだろうが、それが仏教の始りであり釈迦族で生れたカピラの王子をのちにお釈迦様と呼ばれるようになったのです。

しかし、かなしい出来事が起ります。母である摩耶夫人は王子誕生七日目に亡くなってしまいます。王子は摩耶夫人の妹に養育される事になります。王さまは王子に自分の跡をつがせようと文武両道にわたる帝王学（王様になる学問）を徹底的に学ばせました。王子はたくましく十二歳の春を迎えます。ある日カピラ城外の農地で五穀豊穣を祈る祭典が行われ王子も参列しました。白牛が犁《すき》を引いて田を耕していくと土の中から小さな虫達が掘り出されます。そこへどこからか一羽の小鳥が飛んで来て、その小さな虫をくわえて飛び去ります。しかしその時もう一羽の猛禽（ワシ、タカの類）がものすごい速さで急降下して来てその小鳥をつかみとって、どこかに飛び去っていったのです。それは美しい理想とはほど遠い弱肉強食の現実なのです。しかし現実だからといって肯定してはならないのです。猛禽に襲われる小鳥……王子はこの光景を見てこの世はありのままに見れば「地獄」にほかならないと考えました。そして大樹の下で始めて座禅をするのです。

暑季、寒季、雨季、それぞれの季節をすごすにふさわしい三つの宮殿が父王から与えられ物質的には何不自由ない生活を送っていた王子に出家（僧の生活に入ること）を決意する重要な出来事が起ります。大きくなって行く程、孤独の中に身を置くようになって行く王子に、父王である浄飯王が、気晴らしのため春の野に出る事をすすめたのです。

王子はカピラ城にある四つの門から順次出かけました。

まず東の門から出ると、よぼよぼに衰《おとろ》えた一人の老人の姿を目にします。人生における〝老〟の悲惨さを認識させられます。王子は遊びに行く気をなくします。そしてカピラ城へ戻ってしまいます。父王はもう一度遊びに行く事をすすめます。王子は今度は南の城門から出ます。すると、やつれはてた病人に出会ったのです。また遊びに行く気持ちを失い早々に戻ってしまいます。

三度目は西の城門から出ます。門を出たところで王子は死人を見かけます。人間はいかなる者も死すべきものであり死から決して逃れ得ないものだと自覚するのです。そして四度目に残る北の門から出ます。そこで王子は清廉《せいれん》な修業者に出会って、この姿こそ老、病、死の苦しみから抜け出る道があると信じたのです。

こうして、老、病、死という人生の基本的な〝苦〟に直面し、それは他人事ではなく自らの問題として考えた王子はついに自分の進むべき道を見つけたのです。

老、病、死の苦しみの前に王位にともなう享楽も空しく映ります。お金や地位や名誉で解決のつかない人生最大の問題を解決するためにどうしたらいいいか、問いかけがつづきました。

　こうして長い間悩んだ王子は二十九歳の時に出家を決意するのです。その時にはヤソーダラー妃との間にラーフラと云う男の子も生れていました。王子と云えども人の子ですからすべてを投げ捨て、肉親と離別することへの悲嘆があった事はまちがいがありません。その思いをふり切り人びとが寝静まったのを見きわめてからカピラ城を出るのです。この出城の時、王子は愛馬（白馬）カンタカにまたがり、馬丁のチャンナとともに出城しました。王子は、アノーア河を渡りマッラー国に入ったところでみすぼらしい衣服に着替え、さらに刀で髪の毛を切ります。そして王族の衣装、装身具を従者のチャンナに与えてこう云ったのです。

「私は多くの人びとが苦しみから救われる道、最高の真理をつかむまで、もはやカピラ城に帰ることはない」

　そしてカピラの王子は一人の修業者になってインドのさまざまな国を修業して歩きました。王子は断食をします。通常二十一日が限度とされていますが王子はそれに数倍する日数をつづけたり、座禅瞑想もしました。そして王子は尼連禅河という川に入り長年にわたる修業の汚れを洗い落としました。しかし岸辺に上がろうとした時、足をすべらせて流れに落ちてしまいます。命を落とすところでしたが、なんとか助かり川の岸辺で休んでいると、一人の村娘がやって来ます。村長の娘で、名をスジャータという娘は乳粥を献じて云いました。

「修業の人、たいへんお疲れのごようす。どうぞこれをお召しあがりください」

この供養は何日もつづきました。おかげで王子はしだいに体力を回復し、再び真理を求め修業する心の準備を整えていったのです。

こうして王子はガヤーの町の郊外、「ブッダガヤ」の丘に登り、霊樹といわれる菩提樹の大木の下に草を敷いて腰を下ろし座禅を組んだのです。そして「われは真理（悟り）を得るまでこの座を立たない」と決意を固め瞑想に入りました。はるかな過去から現在にいたる人間の歴史、人間のあり方、自分のあり方、そしてこの地に生きる生命、それらさまざまなものを想像します。

瞑想をしている王子を大勢の美女たちが誘惑します。悪魔が現われ脅迫します。すさまじい嵐が襲います。しかし欲望、嫌悪、愛執、恐怖、疑い、みせかけ、このような人間の心にある「迷い」が消えたのち、ブッダガヤの菩提樹の下で、王子は真理に目ざめ、「仏陀」（悟れる者）となったのでした。王子が座禅を始めて八日目、十二月八日の朝の出来事で、あけの明星が王子に一筋の光を投げかけた一瞬の出来事だったといいます。

悟りを開き真理にめざめた人となった釈尊は以後二十一日間、座禅をつづけたといわれます。悟った「真理」を反芻《はんすう》したのです。
そしてそのまま衆生に伝導する事なく自分のものだけにすべきか、人々に説くべきか悩みました。なぜなら、その真理は難しく、凡人が理解するにはなかなか困難と考えたからです。しかしついに伝導する事を決意し説法の旅へ出発します。そして、最初に説法をした相手は、かつて苦行を共にした五人の修業者だったと云われます。釈尊はここで「四諦・八正道」の教えを説いたのです。

四諦とは
苦諦《くたい》＝人生は本質的に苦であり生きることは苦しみの連続であるという真理
集諦《しゅうたい》＝苦が生れる原因を考え、明らかにする真理
滅諦《めったい》＝苦しみの原因である煩悩を知り、それを消滅させる事が苦を消滅させることである真理
道諦《どうたい》＝いかにすれば苦しみを越えられるか、修業実践の方法についての真理。それが八正道にある。

「八正道」とは
一、正見《しょうけん》（正しいものの見方）
二、正思惟《しょうしゆい》（正しい思索）

三、正語《しょうご》（正しい言語活動）
四、正業《しょうぎょう》（正しく生きる）
五、正命《しょうみょう》（正しく暮らす）
六、正精進《しょうじょうしん》（正しい努力）
七、正念《しょうねん》（正しい理想）
八、正定《しょうじょう》（正しい精神統一）

釈尊が菩提樹の下で悟ったのは「縁起《えんぎ》」の理法といわれているもので、縁起とはいかなるものごとも独立しているものではない。つねに他のものとお互いに関係しあっている。そして条件しだいで変わりつづけて行く（無常）ものである。釈尊は〝人生が苦である〟という原因をこの理法で考えました。苦の根源は「無明（無知、迷い）」、無知なるがゆえに迷い、迷えるがゆえにものごとに対して愛憎の念をもち、凡夫はものごとを固定的に考え、執着し執着するから苦しむのだと考え、すべては縁起なるがゆえに空であり無常なのだと、この縁起を正しく受け止め、「四諦・八正道」を積むことで苦悩を消滅させる事が出来る。そしてその結果苦から抜け出ることが出来る——と云うのが釈尊の基本的な考えで、釈尊が説法すると多くの人々が救われていきました。

そして在家信者が増えていきました。そして修業者や信徒が増えてもその拠点とする場所がありませんでした。しかし釈尊を尊敬する豪商達が「竹林精舎」や「祇園精舎」と云う学び入信して修業の出来る場所を作ってくれたのです。そして釈迦十大弟子達もそこで修業した人達でした。そして在家信者達は布施と云う形で修業する僧達にお金をあげます。そして教国の釈迦の弟子たちは日常生活をおくるうえで必要なものがまかなえました。そして毎日の食事は乞食をして得ました。午後は修業にあてるため乞食は早朝に行ない、食事は午前中にしかとりませんでした。修業は「禅定」と云われるもので精神統一をして釈尊の教えを学ぶものでそれはきびしいものでした。釈尊の伝導活動は四十五年間もつづき、八十歳になっていました。十大弟子の一人といわれ、常にそばにいて釈尊を助けた智慧第一の舎利子《しゃりし》、神道第一の目蓮《もくれん》と云う二人の弟子に先立たれ、いまは弟子のアーナンダ一人を連れての旅でした。

　途中、クシナーラを通る時釈尊の事を聞いた鍛治《かじ》屋のチュンダはぜひ食事を供養させて欲しいと願い出ます。釈尊は喜んで受けますが、その後で激しい下痢に襲われ、旅をやめねばならなくなります。

　苦しみのなかで釈尊はアーナンダに言います。

「私の生涯のなかで、大切な食事が二度あった。一度はスジャータが供養してくれた乳粥であり、もう一つはチュンダの食事の供養だ。チュンダに伝えてくれ、決してチュンダの食事で私が倒れたのではない」と。

釈尊はこのようにアーナンダに頼み、娑羅樹の林の中、四方を二本の娑羅樹（娑羅双樹）で囲《かこ》まれた間に、北枕の寝台をつくらせ右脇を下にして、右腕を枕《まくら》にし、両足を重ねて身を横たえたのです。

釈尊が亡くなるらしいとの知らせはたちまち多くの人びとに知られる事になり、人々は釈尊のもとへ集まります。集まって来た人びとに向かって、釈尊は静かに微笑を浮かべて言いました。

「私の教えるべきことはすべて教えた。私亡きあとは教えをもとに怠らず励みなさい」

そして永遠の眠りについたのです。

不思議なことに娑羅双樹が純白の花をいっせいに咲かせたと伝えられています。

お釈迦様がインドで生れ二千五百年ほどになりますがその教えが世界のさまざまな国に広がり、南伝仏教（小乗仏教）がタイ、スリランカ、ミャンマー、ラオス、カンボジア、ベトナム、マレーシア、シンガポールなどの国に伝わりました。

一方北伝仏教（大乗仏教）は中国を経て韓国、日本、台湾に伝わりました。かつては一大仏教国であった中国は現在、公式には無神論の立場をとっていますがかなりの仏教信者がいるかも知れないと云われています。

そして日本に伝わった釈迦の教えはその弟子達によって栄え現在その教えを基に種々な宗派に別れその僧のためのお寺が日本の各地に建てられその寺のお坊様を坊主と云うのだ。

「健、長い話だが少しは解ったか」

賢如は幼い子供に云うにはむずかしかったかと、少し反省しながら健に云った。

健は黙ったまま大きな目に涙をためながら急に賢如に云った。

「お坊様、僕は、だれ。僕は、だれ」

賢如は一瞬、健の云う事にためらった。

「どうした健」

「お坊様、僕は、だれ」

大きな目から涙をいっぱい出しながら健は言った。

「健、じゃ聞く。お前の名前は何と云う」

健は小さな声で
「古賀健」と云った。

「そうだろう。お前は、古賀健だ。そしてお前のお母さんは、古賀百合子先生、だろう」

賢如は、この子が何を云いたいのか解っていたが敢えて云った。

「どうした。学校が始まって誰かに何か云われたのか」

健は大きな泪を拭こうともせず肩を震わせていた。

「健のお父さんやお母さんは早くして亡くなられた。赤ちゃんは一人で生きられるか。もし誰かが何も出来ない赤ちゃんを助けなければ赤ちゃんは生きていないかも解らんな。しかし健はあんなにやさしい百合子先生や正道おじいさんに縁をいただいて大事にしてもらっているではないか。このお坊さんにしても、私が小さい時に父は亡くなられた。お坊様と云われる坊様も種々おられる。私は普化宗と云う、檀家を持ってはいけない笛だけで托鉢をして生活をしなさいと云う、葬式をしたりお経を上げてお金をもらう事も許されない、普通のお坊様とちがう運命に生まれているのだ。皆んな一様ではない。大きな寺に生れる坊様もいれば、お坊様とは名ばかりの貧しい庵に住む坊主もいる。出生とは自分が求めて生れ出るものではない。健も私も一緒だ。

しかしお釈迦様もおっしゃっている。この世に生れた者は（天上天下唯我独尊）。私という存在は唯我独尊として生きる。自分はかけがえのないたった一人で、とても尊い命を持っている。ほかの人びとの存在も同様である。すべての命の尊さが自らわかり、生きとし生きるものすべてが尊い存在であることに気づくはずであると。

健はあの美しい蓮華畑が好きか。健はあの美味しいお米を作る苗代の緑の輝きは好きか。そしていつも吹いて下さいと云う笛の音は好きか」

健は賢如の一生懸命語る言葉を身体をかたくしながら聞いていた。

「健、おまえはこの世に生れて来たこそ種々な物が見えたり、笛の音を聞いたり出来るではないか。地上に生れ、育ててくれる人がいて、地上に生きていけるのだ。

しかし生きるという事はむずかしいの。自分の心は自分で考え作られるが、他人の心は解らないからな。

健、忘れるでない。お釈迦様のおっしゃった、天上天下唯我独尊と云う言葉を。自分と云う人間はかけがえのないたった一人で、とても尊い命を持っている。他の人も同様であると。

しかし誰もまねの出来ない健の生き方は健の考える心でどうにでもなるという事だ。

学校でいじめられたら、云ってやれ。もしおまえの両親が地震などで亡くなって一人になった時、一人で生きられるか、と。誰かの助けを借りて生きなくては、それが小さい子供だったらきっと死んでしまうよ、と。

健、勇気を出して、教えてやれ。

それでも健を悲しい言葉で傷つけようとするなら、かまうな。

心の中で唱えよ、（天上天下唯我独尊）と。

おまえはたった一人のかけがえのない大事な人間だ。泣いてるひまはないぞ。

さあ母さんの作ったおにぎりが早く食べてくれと云ってるぞ。食べようか」

賢如はやさしく笑いながら云った。

細い畦道の脇を流れる水路に行くと賢如は手ぬぐいを絞り健の手を拭うように云った。

健は大好きな甘めの玉子焼を一番に口に入れた。

賢如はみるみるうちにのりに包んだおにぎり三つを食べ終ると、健はこれが好きだな、一つあげようと云って、健のタッパーの中に甘い玉子焼を入れた。

健はうれしそうに玉子焼をほおばった。賢如の母の作った健のために少し小さめににぎったおむすびだったが、健には多すぎたのか、賢如様、食べて下さい、と云って一つ、玉子焼のお礼と云って、賢如のタッパーに入れた。

早昼と云って渡された弁当もかなり昼食の時間を過ぎていた。

二人は美味しそうに、まだ少しぬくもりの残る炊き出しの麦茶を飲んだ。

「賢如様」

「うん、解っている。笛だろうが」

賢如はきっと云うであろう、健の笛を所望するあの美しい目で云う言葉を待っていた。

賢如は苗代でゆれる緑のじゅうたんをはうように美しい音色で尺八を吹いた。

賢如が「これでいいか」

健の重い疲れた様に涙をいっぱいためて泣いた顔が、いつもの健のやさしい顔になっているのに賢如も安堵したのか、賢如も晴れやかな顔で云った。

「さあ、そろそろ、帰るか」

賢如も遅くならないうちに園に返さなくては、と、急に心が忙しくなった。

「賢如様」

又健が真剣な顔をして賢如に云った。

賢如はまた朝から話した健の悲しげな顔を思い出して

「どうした」

と、少し不安気に云った。

「僕に尺八を教えて下さい」

賢如は自分が想像していた言葉とちがう事に安心したように健に云った。

「うん、そうか。むつかしいぞ、尺八は。しかし健はおさない今から少しずつ覚えれば、大人になったら吹けるかもな。しかし、なかなか、音は出ないぞ。

百合子先生に相談しよう。もしお許しが出たら、私の一番弟子じゃ」

健はうれしそうに、うなずいた。

「健、又どうして尺八を習いたいと思ったのだ」

健は、少し遠くを見る様な様子で、「僕は正道おじい様の膝の上で聞いたあの尺八の音を忘れる事が出来ないのです。きっと流されたお父さんや、お母さんに、元気でいて下さいと、あの時流れていた笛の音を僕も上手になって聞いてほしいのです」

「津波のあったあの海辺に行って僕も悲しんでいるよ！　おじいちゃん、おばあちゃん、お母さんやお父さん、僕のように小さい子、僕は忘れないよーって尺八を吹いてあげたいのです」

健は又少し涙をためた。

賢如は
「解った、解った。そうか、そうか」

賢如も涙の出るのをおさえながら、この子は誰かをさがしている、と心の中で泣いていた。

健は百合子先生のお許しをもらい土曜日の学校帰りと、月二回の日曜日の午後、賢如の都合に合わせて、尺八の稽古が始まった。

二〇一一年三月十一日の東日本大震災、二〇一六年四月十四日の熊本地震。日本の地震の連鎖は、神戸の一九九五年の阪神大震災から始り日本国民の恐怖をさそった。

熊本地震も多大な被害を受けたが、ゆりかご園のある博多の町は少しのゆれで大きな被害はなかった。それでも知人の多いはるさんは安否を気遣い連絡するのに苦労をした。正道も種々世話になった病院長に、何か出来る事はないかと混乱している事情を察しながら聞いてみた。

（全員無事、ＤＭＡＴ（災害派遣医療）の協力もあってね）と疲れた様子で電話が切れた。

四月十四日、夜の震度七の揺れ。さらに、二十八時間後の十六日未明、再び震度七の地震は、死者五〇人、被害家屋一六万棟を超え、最大一八万を超える県民が、学校や公民館などで避難生活を余儀なくされた。

そして復興を願い全国から支援の手が届けられた。


そして健も学校生活に馴染み賢如から習ったオカリナの笛も友達との仲をとりもった。

健は、はるさんの作る朝の実沢山の味噌汁が大好きだった。

小さなおにぎりもついている。

しかし、それよりずっと好きなメニューがあった。日曜日の朝出るフレンチトーストだ。

正道おじいさんが作った鳥小屋から玉子を取り出すのが健の日曜日の仕事だった。

とれたての玉子と町中のパン屋さんからもらう少しかたくなった食パンを、玉子と砂糖、牛乳でといて一晩中浸して、はるさんがふかふかに焼いてくれる。お菓子のようなフレンチトースト、と、温かい牛乳は、ゆりかご園の子供達全員が好きな朝食だった。

百合子先生は食事の前にかならず祈る言葉があった。

「宇宙の神様、仏様、そしてイエスキリスト様、今日も私達に暖かい食事をお恵み下さいましてありがとうございます。感謝申し上げます。いただきます」

そして皆んなも手を合わせて、いただきます、と云って食事をいただきます。

百合子先生は、イエスキリスト様とだけを云うのをさけた。この子供達の親は何を信じ、感謝して生きて来たのか。

この子供達の過去の歴史を少しでもさっしてあげるなら、神も仏も、キリストも皆んな子供達のために、この恵をくれているのかも知れない。これが、百合子先生の万物に対する感謝の気持の祈りをするのだと、心に決めた食事を前にした言葉だった。


賢如は健が尺八を習いたいと云った時から、この子は普化宗の坊主になる訳ではない、これは賢如と健の縁起によるもの。これからの健は虚無僧が吹いていたとされる古典本曲だけでなく、三味線や琴などと合奏出来る外曲も習得する必要がある。父が賢如のために教えた、篠笛《しのぶえ》や、地塗り尺八すなわち現代尺八などこれからの時代に即応出来る笛を習得出来るすべも教えておかなくては、普化宗の尺八だけでは生活出来ないだろうと考えていた。

父賢了は尺八を買う金もなく冬季に尺八の寸法に見合う竹材をさがし採取し、採取した根っこから土などを落し必要でない根っこを省く。そして火であぶって竹材の油を取る。こうすると青味が抜ける。数週間天日干しをすると色が抜けて白くなる。それを室内で三年以上陰干しをする。

そして普化宗の仲間から製法を教えてもらいながら自分の尺八を作っていた。これも修業と心得ていた。そして、賢如もこの教えと修業していた。父の残した竹材も名残りとして何本かあった。賢如も自分の尺八は殆ど手作りだった。そのための竹の採取も苦労をしていた。

しかし、いずれ健にも伝授したいと考えていた。いまも時々注文の入る尺八作りの収入は賢如の生活の糧になっているからだ。

健もいつまでも百合子お母さんの助けを借りてばかりではいけないだろう。誰でも簡単に出来る事ではないが普化宗独特の地なし尺八の音色を出す、父賢了から教えられた技法を伝えておきたかったからだ。

健の成長と共に賢如の周辺も少しずつ変っていった。

賢如の母の実家から琴を習う一人の娘が普化宗の尺八の音が好きで賢如様に逢いたいと云って来た。

賢如も母も、もの好きな若い女性もいるものだと躊躇したが逢う事にした。そして京都からわざわざ尺八を習うという事で月一回の稽古が始まった。元々母の実家で琴の勉強をしていたため母ともすぐうちとけた。

そして父賢了と母が京都で三玄の会で出逢い結婚をしたように、お釈迦様のお導きなのか、その娘の熱い想いが賢如の心を動かした。


春から梅雨までの少しの間見せてくれる三畝半程の田んぼの蓮華草の花も一段とその色を濃くして美しい景色を見せていた。

いつもは静かな寂庵に賢如の母の奏でる宮城道雄《みやぎみちお》の「春の海」が今日のよろこびを語るように流れている。決して華やかではないが、古賀正道、百合子、すみれ、そして京都からかけつけた娘の両親、少人数ではあるが、昨夜から徹夜で作ってくれた、大きな玉子の入った巻寿司が大きな皿に盛られ暖かいはるさんの料理が美味しい香りをただよわせていた。

賢如は白い着物に黒の墨衣《すみごろも》、妻になる頼子さんは美しい着物姿で賢如のとなりに幸せそうに座っていた。

賢如は古典本曲《きょく》から一曲を静かに喜びの笛として吹いた。

健は今日のために一生懸命外曲ではあるが東北地方の民謡、「箪笥長持唄」を地塗尺八でもうすぐ高校生になるよろこびを前にして凛々しく吹いた。美しい青年の顔が正道や百合子の涙をさそった。

やがて賢如や健が東北の海に立つ日も近づいていた。

冬のザルツブルグ

一九九八年の冬、節子は朗読の会の友人と、冬のザルツブルグを旅していた。

成田を発ち、ウィーン経由でザルツブルグに入った。

冬のザルツブルグを選んだのには訳があった。ドイツの国境近くにあり中世の街並みが息づく美しい街は、音楽の都として知られている。モーツアルトゆかりの史跡が丁寧に復刻保存され随所に残されている。

この地の名声が高まったのは、十九世紀半ばに入り、モーツアルト誕生の地である事を唱え始めてからの事で、モーツアルトの誕生日の一月二十七日を挟んで、モーツアルト週間と云うフェスティバルが催されていた。

第一次世界大戦後に、トップアーティストが集まる世界でも有数な音楽フェスティバル、ザルツブルグ音楽祭へと発展し現在に至っていると云う。毎年七月末から八月末にかけ五週間、演劇、オペラ、コンサートが祝祭劇場を始め、街のいたる所で開催され、町は音楽一色に染まる。ホテル等もなかなか取れない状態であるらしい。

節子達はモーツアルトの誕生日にあやかる訳でもないが、比較的安く、静かな一月末のザルツブルグを選んだ。しかし冬のザルツブルグは、毛皮かロングコートなしでは過ごせない寒さだった。

町の中心を流れるザルツアッハ川は真白な雪で両岸を覆い、街並みも雪一色につつまれている。ザルツブルグ音楽祭は花と音楽で美しい中世の街並みをガイドブックで見るが、雪のザルツブルグは、夢でも見ている様な、白いお菓子のような街並み。節子たちも年齢を忘れ娘のように嬉しい溜め息をついた。

ザルツブルグの旧市街地にあるホテルは、ゲトライデ通りの人口にあり、その通りには、モーツアルトの生家がすぐ近くにあったりする。通りにある鉄細工の看板が観光客の目を楽しくさせてくれる。

ホテル、ゴールデナーヒルシュは、ヨーロッパタイプで、一四〇七年創業の名門ホテルであるらしい。「黄金の鹿」と云う名前で人口に鉄細工の鹿の看板がエレガントにやさしい。

部屋に通されると、チロルのアンティーク家具で統一され、冷たいケバケバしさはない。五人の老女、いや、熟女は、ツインを二部屋と、どうしても一人部屋を希望する鼾心配性の春さんと夕食の集合時間を約束して、それぞれの部屋に帰った。

「食事が終ったら、ちょっとつき合って」

「また病気が出たのね、行くわよ、ついて」

節子は夕子がアンティークコレクターである事を知っていたので、笑って答えた。

節子は、ピアスや指輪には興味はなかった。

車のデザインをする夫を持つ裕福な夕子とは少し事情が違っていた。年金生活と夫が残した少しの預金、節子は羨ましいとは思わなかつた。夕子とは一番気の合う友人で、変な云い回しだが、さらりとつき合っていた。

春さんは花の、一人すき勝手人生を選び、結婚生活ゼロ、自分で稼いだ年金と退職金で、ほがらかに生きている女である。後の二人は、日本に帰れば、女の仕事とばかり、三食を云いつける、定年後まだぎこちない人生を送っている夫がいる。

電話のベルが鳴った。春さんがもう食堂に来ている、と、伝えてきた。

集まって見ると、化粧をし、ワンピースやストールの色が、年齢より若く見えていた。

夕食は、それぞれオーダーをした。食べやすい魚料理もあった。春は赤のワインのボトルを注文し、「乾杯」と云った。楽しい夕食がつづいた。夕子が「食事のあと、買い物に行きません、節子さんに、アンティークの店につき合ってもらうの」夕子のさそいには後の三人は、手を横に振りながら「疲れた」と云った。年、年と云って、春は皆の笑をさそった。

夕子と節子は、雪の夕ぐれの街で、すべらない様に気をくばりながら、軽いダウンのロングコートを着て、娘の様な華やいだ様子で街に出た。とにかく、白い雪と店の入口の上に、一つとして同じでない造花の花や実がアレンジされ飾られ、シックで美しかった。夕子は満足そうに指輪と、小さな石のついたイヤリングを買った。

「ちょっと寒いね、コーヒーでも飲まない」

夕子は買った品物に満足したのか云った。

カフェメランジュ、余り派手ではないがしっかりした店づくりの重いドアを、少し冷たい風を入れながら店に入った。

一人奥の方に新聞を見ながらコーヒーを飲んでいる地元の人らしい老人がいた。

「メランジュ、二つ」節子はメニューの字を指でさしながら、店のオーナーらしい人に、ニコッとして、オーダーした。オーナーらしき男性も観光客だろうと納得したように作り笑いを返した。(カフェメランジュ)何処となくクラシカルで歴史を感じさせる店作りを記憶に残しながら店を出た。

五人の女達は満足のうちに平常の生活に戻った。節子は日常の中に何か物足りなさを感じていた。二人の息子も子育てで親の存在はうすい様だ。節子は何処かでぼんやり、年に一度、ザルツブルグに行こう、と、残り少ない人生の目的を決めていた。ウィーン二日、音楽を安いチケットで、残りの三日は雪の影色に包まれたザルツアッハ川のたもとの大きなカフェで、温かいニョッキースープを飲もう、節子は自分の決心に拍手をしながらびっくりしていた。

一九九九年、節子はザルツブルグに居た。

カフェメランジュには昼と夕方、三回通った。三年目の冬、カフェメランジュのオーナーは「今年も来ましたね」と遠来の客の肩をやさしく抱いて「メランジュ」と云った。節子は「はい」と云って少し恥ずかしげに笑った。

「ホテルは高いでしょ、二階、三階は妻が亡くなってから、私一人で住んでいます。どうぞ遠慮しないで使って下さい」「掃除は念入りにしなくてはいけないですが」ギュンタは大きな身振りで肩をすくめて云った。

三年目の冬、カフェメランジュの二階の一室は節子の常宿になっていた。一年一度、ザルツブルグの三日間は二人の秘密の部屋になっていた。まさか、この年で、節子は自分の行動に驚いていた。六十五で知り合った自分ももう六十八になった。ギュンタは四つ年上だから、七十二になっているはず。どうガンバっても、十年も、節子を愛する夜が続くはずもない。節子もギュンタも、その事にふれようとしなかった。ギュンタは、いとおしく節子を抱き、年齢を感じさせない乳房に何度もキスをした。節子はやさしく彼をさそい一つになった。国のちがう年老いた男と女が歓喜の性の中で涙を流しながら見つめ合っていた。いずれ寿命と云う言葉の中で、消えていくだろう。もし私がザルツブルグに来なければ、他人から見ればはずかしい老の恋を笑うかもしれない。でも二人は幸せだった。一年に三日の恋に生きていた。

五人組の一人、ゆきさんは突然乳がんの末期で夫を残して旅立った。「ぼつぼつ私達の番ね」いつも元気な春子の声が沈んでいた。ゆきさんを乗せた黒い車が何か云いたげに消えた。四人は無言で手を合せていた。

そして八年目の冬が来た。節子は　トランクの中に無地の紺の着物一揃と、帯は黒地に実南天のしぶい赤の実の匂う　うるし仕立てを用意し、白いたびと雪よけのついたぞうりも用意した。軽いカシミヤの黒の着物用のコートも忘れなかった。着物を着た自分をギュンタに見せたかった。

カフェメランジュ、節子は重いドアに冷たい外気を少し入れながら店に入った。ギュン夕のやさしい、節子、と云う声はなかった。

「節子さん、オーナーはいません。ごめんなさい。オーナーは郊外のホスピスに入りました。この手紙を、そして、この銀のスプーンを渡して下さいと云っていました」

手紙には「ホスピスには来ないように、僕は幸せだった、ありがとう。僕は節子を抱きながら天国へ行くだろう。ザルツブルグの僕の部屋を忘れないで下さい。僕達の秘密の部屋を。ありがとう、節子」

やっぱり、とうとう別れね。年月には限りがある。ありがとうギュンタさん、もうザルツブルグには来れないかも知れない。

節子はザルツアッハ川沿いにあるカフェで着物を着て美しい初老の顔をして街並みを見ていた。

雪城崎

千余年の歴史をもつ「いで湯の町」城崎、この町に〝いと〟という女がおりました。いとさんは京都の生まれで織物屋を営んでおりました円中治兵衛と、さとさんの一人娘として十三までは裕富な暮らしをしておりました。

踊りや三味線、京都らしい習い事もさせてもらって、おりました。

しかし、時代の流れで着物から洋服への文化は織物屋へ少しずつ廃業の波が押し寄せていたのです。

それでも治兵衛とさとは、昔かた気の織物屋。家業をやめて何をするという器用さはありませんでした。

暗い仕事部屋は両親の将来を暗示するように静まりかえっていました。問屋を廻り十反持って行けば一反売れていい方で、母は年の割りに日々老いていくのが、いとにとっては悲しい出来事でした。

いとが丁度十八になった時には、両親はもうこの世にはおりませんでした。

父は胃かいようが悪化してあっと云う間に死んでしもうたのです。

母は父の死後、織物屋を処分して京極の寿司屋で働いておりました。元々《もともと》元気でなかったさとは、忙しい下働きがこたえたのでしょうか、四十五歳と云う若さで父を追うようにこの世を去っていったのです。

いとが城崎の寿司屋で働く事になったのも、母の勤め先の親方夫婦の親切心からでございました。

「いと、これからどうする？　おかあちゃんみたいに京部のこの店で働くか？　小さい時から思い出多いこの京都では、お父ちゃんやお母ちゃんの事思い出して、つらいかも知れんなぁ。よかったら城崎に行ってみんか、若い時一緒に修行していた男が今じゃ城崎一、二の店やと聞いている。親方は、わしと一緒やから年は取っているけど、お母ちゃんが死んでから長男は寿司屋を嫌って会社員になっている。次男の龍二はんと、若い時から働いている年のいった源さんと二人でしっかりもうけているらしい。女子気《おなごけ》がないからいとちゃんが行ったら喜ぶと思う。どうや？」

そばのおかみも
「そりゃええわ。新気一転、いとちゃんがんばってみたらどうえ？」

いとはおかみの新気一転という言葉が何か希望のもてる様な、新しいひびきで返って来たのです。

「城崎か！　どっちみち一人やし、親方、行ってみます。城崎という町にどうぞ紹介しておくれやす」

いとはきれいな横顔を、寿司屋にさし込む夕陽の明りを受けながらきっぱりと云いました。

そして、いとは城崎に自分の人生を託したのでした。

女子気の少ない寿司屋は、京都訛りの美しい若い子が来た事で、店は増々繁盛していったのです。

いとが城崎に来てあっという間に一年が過ぎました。

息子の龍二は歯切れが良く、その声を聞いただけで寿司が一段と味がよくなる様な男でした。

「いらっしゃい」

目鼻立ちの良さと相まって評判の三代目になっていたのです。

「蔵寿司　常夜燈」

城崎の町には七つの共同浴場があり、どの宿に泊っても外湯めぐりが出來るシステムになっておりました。

蔵寿司常夜燈は地蔵湯を通り過ぎ、つばき屋の少し先にありました。

漆喰の白壁に黒い瓦、麻色の落ちついた暖簾《のれん》に白で蔵寿司、黒で常夜燈とおさまり良く書かれていかにも高級寿司屋という風情がありました。

しばらくして龍二の親の勧めでいとと龍二は夫婦《めおと》になりました。

そして二十七年、いとは四十五、京都訛は少し消えたものの言葉じりが美しく着物に粋な赤いタスキ、長めの紺の前かけ、しっくりと馴染んでおりました。

「いとさん、あれうとていな」

いつも来ると酒屋の旦那河田はんがせがむのです。

明治の頃、歌われた数え歌「湯島手まり歌」です。一番から十番まで先代の母から伝えられ、誰に教えられるともなく口ずさんでいたのです。

「やめておくれやす。お客様が帰ってしまわれます。あきまへん」

いとが恥ずかしそうに云うと、

「いとさん、もう来うへんで」意地悪そうに酒屋の旦那が云いました。

「そうどすか。そなちょっとだけ」

下手どすけど、といとが歌い出した。

一つとえ、人は但馬の緒方から、来るは城崎湯の島に入湯かいな
二つとえ、不思議なところはこの湯島山の奥から湯が出るが豊年じゃ
「ヒャー、これ以上唄うたら魚が腐ってしまいます」

「そやかて誰かしらが唄わんと誰もこの唄を知らんようになるんや」河田が云った。

「親方、特別高いお寿司握ってあげて」

いとは唄わされた腹いせに少し意地悪く云いました。

男前の親方とそれを助ける源さん、店の中はほんのりと燈《とも》る常夜燈のように温かな笑顔て満ちておりました。一見《いちげん》さんも常連さんもカニのコウラに酒をそそいで飲み、味噌のうま味をほめながら美味しそうに旬の魚で握ってもらうのでした。

十月から三月、松葉ガニ、十一月から三月まで寒ぶり、八月から二月までノトグロ、夏は白イカ、岩ガキ、三月から六月、九月から十月はえび、とどれをとっても寿司のねたには事欠かないのです。

常夜燈の上巻はカニと大葉を、少なめのおろしじょうがを引き細巻にします。細巻を芯

にかんぴょうと椎茸、太く甘い玉子焼で太巻きにするのです。少しひいたおろし生姜の味が何ともいえないと通ぶる客が多いのもこの店の自慢でした。そしてその次の日の朝のことでした。

「おかみさん、親方が気分が悪いと云うて病院に行きはりました」

源さんがあわてた様子で髪結いから帰ったばかりのいとに云いました。

「早う病院に行ってあげて」

いとは「何で急に？　夕べも元気やったのに」

とにかく座敷に上らず病院にかけつけました。

「先生親方大丈夫ですか？」いとはあわてた様子で先生の顔を見るなり尋ねました。

「そやな、一ペン精密検査した方がいいね」

先生は大きな病院に行く事をすすめ、紹介状を書いて明日にでも行く様にと、いとに伝えた。医者は龍二の目に出ている黄疸の事が気になっているらしく「今夜は点滴してここで寝てもらいましょ」

「先生、家に帰ったらあかんのどすか？」

いとは急な事なので、まだ自分がどういう状態にいるのか解りませんでした。

「源さん、今夜店しめて、わてここに泊るさかい」

いとはベッドの横の小さな丸い椅子に腰かけて龍二の手を握りしめ、うとうととしながら夜が明けました。源さんが心配そうに夜が明けるのを待ちかねた様にやって来ました。

「おおきに、心配かけてすまんね」いとは少しやつれた顔をして源さんに云いました。

「おかみさんこそ大丈夫ですか？　役不足ですが今夜から店を開けます。年は取っても、まだ大丈夫です」

源さんはいとを気遣って云いました。

龍二の入院が長びくため、源さんを助ける板前が必要になりました。

寿司屋には寿司屋のつながりが全国にあり、源さんの肝入で姫路にある安くて味のある、今はやりの繁盛店の次男で健二という青年が、三年と云う期限を切って来る事になりました。

三年間、外の空気を吸い、修行し、親の用意した一号店を出す事を約束され、もともと寿司職人半分、遊び半分の気で、気持の定まらない若い板前でした。

一年、二年と健二は源さんのやさしさといとの明るい振舞に馴れたのか、客の評判も良く「いらっしゃい」とはりのある声が龍二の声に似て、客も「健さん」と呼び、若い手さばきに「このノドグロ、うまいな」「健さん、うまいで」客のほめ言葉に、源さんもいとさんもうれしそうに健二を見るのでした。

そして三年目に入り、この暮れに年期のあける健二をいとおしく、源さんもいとさんも目には出さないが心の中に淋しさが走るのでした。いとは午前中は病院に行き、少しでも龍二が安心する様に店の様子を報告し、着替えを手伝って帰るのでした。

始め肝炎を起こした肝臓も肝硬変に進行し、もう長くは生きられないと医師からいとは伝えられていました。若くして両親を失い、又しても夫の病気。いとは運命の残酷さに人の見えない所で泣くのでした。

ある日、気分の良さそうな龍二が

「いと、三人で店休んで京都にでも行ったらどうや。おまえも病院、店とつかれたやろ。京都にも長いこと行ってないやろうし。骨休みしたらどうや、外の風に当たるのも世の中が見えて、ためになるかも知れん。健二も年期が明けるお礼の意味もあるしな。源さんにもな」

龍二はやせた身体にやさしい笑顔で云って見せました。いとは「この人は自分の寿命を知ってはる。何で、何で」と心の中で泣きました。

城崎に自分の人生を預けて、この地で死のうと、どんな事があっても耐えて、龍二さんのため、常夜燈のために私は生きるんや。龍二の少々の浮気も、私はこの地に生きるんやという一心で知らんふりして来ました。源さんも健二もおかみの献身ぶりを痛々しいと見ていました。苦労の姿を見せないいとの明るく元気で美しい振舞に、おかみさんおかみさんと源さんも健二も、おかみを大事に守っているように見えました。

「親方がな、二人で骨休みして京都にでも行ったらどうやってゆうてくれたえ、もう休みの日も宿もとったさかいな、松葉ガニが解禁になったらどっとお客が来はるさかい、十月の頭の水木にしたえ、土日は忙しいさかいな。楽しみにしておいてや。今度はお客になる番や。いい物を見て美味しい物食べよ！」いとは龍二の心遣いに心から喜んでいました。

三年もこの店で頑張ってくれた健二へのお礼の気持もありました。

「勝手ながら水木と休ませていただきます。金曜から頑張ります。どうぞお赦し下さいませ」

「常夜燈店主敬白」というはり紙も忘れませんでした。

前日の朝、源さんと健二は龍二にあいさつに行き、いとは出かける直前まで病院で龍二の面倒を見ました。

「じゃ、行かせてもらいます。明日はこれませんけど頑張っておくれやす」いとは龍二の手をにぎって部屋を出ました。三時間程で京都に着きました。

少しの荷物であったが駅のロッカーに預け「ぎおんでお昼いただいて、八坂さんにお参りしよ､京都は私にまかしておいて。源さんもなじみの店も多いやろうけどかまへんか?･」

「とんでもありません。常夜燈にお世話になる前二年ほど働かせてもろうただけで、生まれ育ったおかみさんには負けます」三人は店の事をしばし忘れてちょっとした旅人の気分になっていました。

京極にちょっと寄って、昔母がお世話になり、いとの、第二の人生を決めたあの店の前を通りたかったのです。しかし店の様子は変わり、尾号も変わっていました。二十数年という歳月はいとを淋しくさせました。「ぎおんのやけんぼり」でお昼をすませ、八坂にお参りして車で美山に着きました。

せっかくだから二人に贅沢をさせてやりたかったので、男二人には和洋のしつらいのベッドの部屋を二つ、いとは和室を用意してもらいました。三人で早めの夕食を食べ、少々の酒盛りをしそれぞれ部屋に帰りました。源さんが「おかみさん、ちょっと街まで出て行きます。朝までには帰ってきますさかい。すいません」

いとは深くは聞きませんでした。昔なじみの女にでも逢いに行くのやろ。楽しんだらええ、心の中でそう思っていました。

いとはいつも時間に追われて忙しく暮らしている生活が身についているせいか、一人で何をしていいか、時間の経過が遅く感じられました。

携帯が鳴りました。

「ひょっとして龍二の容体が」いとは心配そうに電話を取りました。

「もしもし、健二です。ちょっとだけ部屋に行っていいですか？」

「健ちゃん、ごめんね。若い人には町中のホテルの方がよかったのかも。ちょっと遊びに行く訳にも行かんさかい、退屈してはんのやね。どうぞ、私が相手でよかったらビールでも飲みましょか」

しばらくして、健二が寸たらずのゆかたに冬用のハンテンを着て入って来ました。

仲居さんが食事のあと、おねま敷かしてもらいます。と云ってきれいに布団を敷いて出て行ったのが気になり、四帖半と六帖程の二部屋の境の襖を閉じて健二を迎えました。

「キリンと朝日、どっちのビールがいい？」

いとが明るく聞くと「キリンでお願いします。すみません」と言葉をたして云いました。

「すみません。女の人の部屋を訪ねて」いつもの健二の明るさはありませんでした。

「どうしたん、何かあった？」いとが聞きました。

「へェーきのう親方に逢うてびっくりしたんです。あんなに弱ってはるとは知らんかったんです。おかみさんが明るいからまさかあんなに悪いとは」健二は素人でも解る親方のただならぬ目の色を思い出していました。

「ごめんな、健ちゃん。商売している人は当主の病気を気づかれたらあかんのや。あそこはもうもたんて、商売ガタキの人は相手の弱点をさかなにして、いらん噂を立てるんや。ギリギリまで他人に弱味をみせたらあかん。あの人はほんまに悪いんや。来年の春までもってくれるかわからへんのや」いとは遠くを見ながら云いました。

唐突に「おかみさん、もし親万が死んだら他の人と結婚するんですか？　僕はそれが嫌なんです。二年前に常夜燈に来た時からいとさんの横顔ばっかり見ていた。きれいな人やな！　何であんなに明るうて働き者やろう。オレが結婚したらあんな人がいいな。いつも思っていました。親方が元気に帰って来て二人で仲ようして、いとさんが幸せやったらそれでいいと自分に云い聞かせていた。でもちがう。いとさんは一人になる。知らん男に抱かれる。それが嫌なんんや」

「健ちゃん、何云うてるの？　あの人が死ぬなんて。あの人は死なへん。死んだら私はどうしたらいいのか解らん。私は城崎の女や。城崎で死ななあかんのや。十八からずっと城崎の女になるよう努力してきたんや。あの人に女がいても辛抱した。男前やもん、もてて当り前や。そう云い聞かせて生きて来た」

いとは不甲斐《ふがい》なくも涙を流しました。

健二はいとの肩を抱きました。「泣いたらあかん。強う生きてもらわなあきまへん。いとさんらしゅう。僕はもうすぐ常夜燈を去ります。いとさんの年の差も解っています。ただ一つお願いがあります。いとさんを抱かして下さい。二人だけの秘密を作って下さい。お願いや！」健二はいとの肩をいっそ強く抱きました。しばらくしていとが云いました。「健ちゃん本気か？　どっちみちまた一人になる身や。その思い出をこの身にきざむのもええかも知れん、一回だけの秘密や」いとは別人のような顔をして云いました。「抱いておくれやす」いとはしなやかな身体を横にした。いとは恥ずかしさも忘れて女になりました。健二は「思い出を作るんや。いとさんが好きや」と言いながら激しくいとを抱いたのでした。

いとはけだるい朝を迎えた。健二の姿は部屋にはありませんでした。

源さんが朝三人で食べる食事の時間を聞いて来ました。三〇分のちを約束して「源さんから健二さんに云うといて」と云って電話を切りました。

簡単に風呂に入り、一人だけ知るけだるさをかくすようにいつもの様に化粧をして赤い口紅をひきました。

三人は、いつものように他愛ない話をしながら上質の朝食を楽しみました。

「チェックアウトは十二時やからゆっくりして南座にでも行ってみよか？　ひょっとしたら昼の部のチケットが取れるかも知れんさかい」

健二が南座に行った事がないから行きたいと云いました。

「何でも見て、何でも読んで勉強せんと上等の板前はんにはならへんよ」いとは何もなかった様に明るいおかみの顔で云いました。

健二は時々おかみの横顔を見ていました。誰にも解らない健二だけに解る心の中でした。常夜燈はいつものように客であふれました。健二のいる間に健二に代わる若い子が常夜燈に来ました。

健二はいとを思い、その若い板前に細かく仕事の流れを教えました。

源さんも少し歳を取ったように見えましたが、健二の店の段取りを教える様子を見て、三年前の健二の姿を思い出していました。

健二は年末の店の掃除もすませ、しめ縄の取りつけも背の高い健二がひき受けました。

いよいよ、健二が姫路に帰る朝が来ました。

昨日まで降っていた雪も道の両横にはき集められ晴れやかで冷たくすっきりした空気が城崎の町をつつんでいました。

朝から龍二に帰るあいさつをして、店に戻り荷物といとの用意した父への土産を持ちながら源さんに深々とあいさつをしました。

いとさんの声が聞こえました。

「やあ、又雪や。えらい降って来た。別れ雪やな。健ちゃん、駅まで送る。源さん、ええやろ?」いとは大判の黒のカシミヤのストールを首から肩に巻いて、店にあった赤い大判の番傘をさし、両手に荷物を持つ健二の助け舟を出しました。

「ありがとうございました。ではここで」

健二は人目がなければ強くいとを抱きしめたであろう心を抑えて云いました。

「ちょっと待ってて。ホームまで行く」いとも同じ気持でした。もう汽車がホームで客を待っていました。

健二の乗った座席の窓に降り落ちる雪をそっと指でなぞると、いとはおかみの顔をして美しい笑顔をみせました。「おおきに、健ちゃん。忘れまへん。わては城崎に生きるさかい。おおきに」汽車がゆっくり動き出しました。

いとの目から一つぶの涙が流れ落ちました。

薄い朝

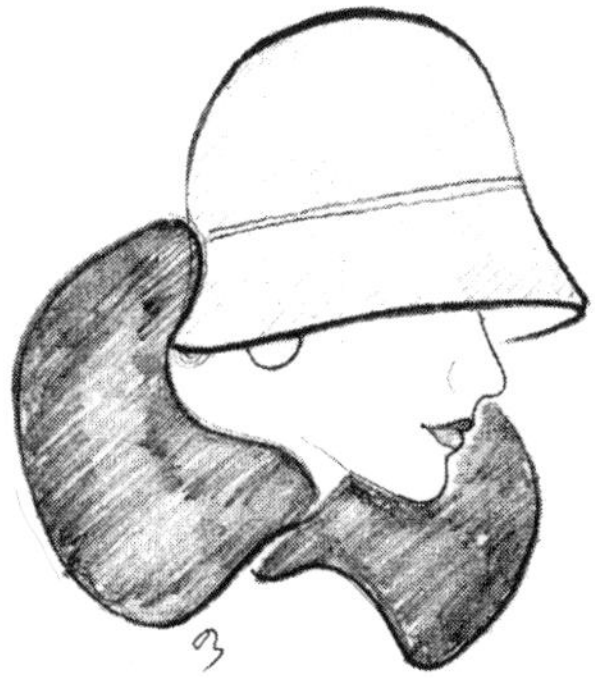

杏子は足が地に着かない思いで、阪急電車の中にいた。

車窓から見える空は、少しの白い雲と、透き通るような碧い色で輝いている。

母が亡くなって、もう二回目の盆を迎えるのだと、ぼんやり考えていた杏子は、その空の碧さもよろこびの色には見えなかった。

杏子は父を早くに亡くし、母と二人、先祖の残した財産と、父の会社の株券を処理し、母と二人、静かに生きれば、どうにか生活できる環境にいた。

杏子は、生まれつき美しい娘であった。

杏子の母は生前、俳句、短歌を好み、週に二回ほど外出することが楽しみだったようで、杏子に口うるさく結婚を勧めることもしなかった。

杏子は友人の多くが結婚していく中、結婚に対して、それ程の願望もなかった。

神戸の某女子大を卒業し、父の友人の紹介で一流企業の銀行に四年ほど勤めた後、学生時代から習っていた花道教室にも通ったが、何か自分が求めていることとは違っているような気がしていた。

しばらくして、京都に外国人の花の先生がいることを知り訪ねてみた。

たしかに、日本の花道の教え、体・用・留、天・地・人、などと云う、各流派が掲げる教えは無かった。

日本人と外国人との気質の違いなのか、繊細な水の流れ、そぎ落とされた空間の美、など日本の、わび、さび、と云う風情は感じられなかった。

杏子は、アートとして活ける外国文化も、受け入れてみようと、何かを求める自分に合っているような気持もあった。

今日の杏子は、京都に通う電車の杏子とは少し違っていた。

杏子の深く被る帽子の下に見える整った鼻筋から細い首筋を車窓に映しながら、電車は芦屋川に着いた。

駅の改札を出て、北の方に歩こうとした時、

「あ、、お嬢さんも芦屋ですか。私も芦屋の住人です。突然ですが、お茶でもいかがですか」

と、品の良いやさしい顔をした老人が云った。

杏子は、一瞬ためらったが、父より少し若いであろう老人に、何故か杏子は和やかな顔をして云った。

「そうですね。私も少し疲れていますから、コーヒーでも御一緒しましょうか」

杏子は芦屋に住む住人であることと、若い男ではないことに、何故か気を許していた。

老人が時々行くという、落ち着いた、一杯点てを自慢する店に案内された。

「三の宮に御用ですか。それにしても早くからのお出かけですね」

「ええ」

杏子は、その理由は云わなかった。

「いただきます」

杏子は美しい目をコーヒーに落としながら静かに一口、口に入れた。

「あ、、美味しい」

杏子は、病院に行った事、病気の事は誰にも云わないと、決めていた。もし癌だとしても誰かに相談する身内も知人もいなかった、というより、神様から突然いただいた自分の人生のアクションを自分自身どう処理するか、もう一人の自分に興味があった。

「私は神田登といいます。神の田に登る、良い名前でしょ。登、と付けた私の父は、センスがいいなと思いました。なんだか、神様に守られているようで」

杏子は神田と名乗ったこの老人の名前はきっと忘れないだろうと思った。

「貴方の名前は、きっと美しい名前でしょうね。ご両親はきっと、美しい女の子が生まれる事を想像して、虞美人とでもつけようかと思ったかも知れませんよ。やあ！　これは失礼」

と老人は笑って杏子に云った。

「木代杏子と云います。何の意味もなさそうですね。申し訳ありません」

杏子も笑いながら云った。

「いや、名前など、どうでもいいんです。貴方のような美しいお嬢さんがこの世に存在するだけで意味があるんです」

神田は、初めて逢った、電車の中の彼女を確認するように、

「美しいですね」

と云った。

「帽子は、小さい時から」

神田が聞いた。

「ええ、母が好きでしたから。これ、母の若いころ被っていた帽子です」

杏子は椅子の横に置いていた帽子をやさしくなでるようにして云った。

「僕は、生きていてよかった、と心から思っています。こんなに美しい女性とお話が出来るなんて……。僕の妻も美しい人でした。全体が少しふくよかで、静かな女性でした。映画女優で、太地、何とか云いましたね、あの女優も亡くなりましたが、僕の妻も、長男、長女を年子で産んで四十一歳で亡くなりました。幸い、私の両親が、わが子のように面倒を見てくれて、子ども達も何の問題もなく育ちました。長男は東京に、長女は商社マンと結婚してアメリカにいます。

身の上話は、嫌ですか」

老人は杏子を気遣って云った。

「いいえ、みんな種々な人生があるのですね」

杏子は、一瞬、父の声を聞いているような錯覚を感じながら聞いていた。

父が生きていて、私の事を誰かに話すときどんな顔をして、私の事を話すのかしら、とぼんやり考えた。

「私の娘は、嫁にもいかず、四十半ばで癌で死にました。それは美しい娘でね」

父が生きていたら、涙を流しながら自分の悲劇を云うのかもしれない。

父がこの世にいなくて良かった。私がこの世を去っても、私のために悲しむ人はいないだろうから。

杏子は何故か、舞台の一シーンを見ているような錯覚の中で、これから起こり、どれくらい苦しい時間が課せられるかわからない、突然の病気に、蛇に睨まれた蛙のように心の何処かが硬直しているように感じていた。

一週間後に病院に行き、その結果が伝えられ、その病名のために承知していく事は頭の中で整理している自分を知っていた。

老人は美味しそうにコーヒーを飲み、杏子さんは美しい、美しい、と連呼しながら、時間を気にしていた。

「あまり長くお引き留めしても悪いですな、老人のくせにと笑われますな。でも、私のような老人にでも、話してみたいと思ったら電話して下さい。決して悪い男ではありませんよ。これ私の名刺です。

では、ありがとう。今日はステキなお昼をありがとう。ほんとうにありがとう」

杏子は美しい笑顔で、

「いいえ」と云った。

病院に行った帰りなんです、とか、この老人に云う事は酷な事のように思えた。なぜならこの老人も人生の終盤を生きている淋しい人ではないかと、思ったからだ。

「私は三日に一度、神戸の北野にあるフロインドリーブと云うパン屋に、ハードパンを買いに行くんですよ。それに時々甘いものも欲しくなってリーフパイやマロンパイケーキを買ってね。

学生時代、母の使いで、フロインドリーブによく行かされました。パン二本、マロンパイ五、ミートパイ五、定番のように、私に買いに行かせました」

老人は楽しそうに話した。

「私の両親も、フロインドリーブのハリーさんと云う店主も亡くなり、今は娘のヘラさんと云うのが社長をしておられる。時代はどんどん変わっていきますな

貴方の御両親は御健在ですか」

神田は、お引止めして悪いですねと云ったのも忘れたかのように言った。

「父は早く、母はこの夏で三回目のお盆を迎えます」

「いやこれは、悪い事を聞きましたね。許してください」

神田と云う老人は、少しはずかしそうに杏子に名刺を渡し、レジに立った。

「ありがとう」

老人は常連なのか、レジの女の子に愛想よくされながら店を出た。

「どうもありがとうございました。お元気でお過ごし下さい。

お元気で」

杏子は半分、父親と別れるような、いとおしさを感じながら、美しい歯を見せながら老人に笑顔で別れの挨拶をした。

杏子は芦屋大丸の地下で夕食の材料を少し買い、家路についた。

阪急芦屋川を川沿いに上り、西に少し入ると和風造りの家が杏子の今の気持ちを知るかのように静かに杏子を迎えた。

母のために買った小さなあじさいの花に似た群青の花を仏壇にそなえ手を合わせた。

杏子の部屋のカーテンを開けると、となりの家の木々のみどりと手入れされた花壇が美しく杏子の淋しさを和らげてくれた。

そしてその日から一週間という日はあっという間に過ぎた。

身体の異常を感じ、神戸の市民病院を訪ね検査結果が出るのに一週間ほどかかった。

結果は、子宮頸癌扁平上皮癌と診断された。今若い人の中でよく聞かれる子宮頸癌の一つで未婚の人によく見られる癌と云い、杏子が病院で順番待ちをしている椅子に座る若い女性の多さに驚いたのも事実だった。

手術まで一週間ほど時間があった。

杏子はどんな事でも受け止める準備をしたつもりだったが、やはり動揺していた。

もし私が二度とこの家に帰れなかったらどうする。
一、家の中の整理をする
イ、いらないものは捨てる
ロ、見られては嫌なものはすべて焼却
二、遺言らしきものを書いて置く
イ、葬式の費用の事
ロ、私の財産のすべての行き先

杏子は何にも手のつかない、病院から帰って来てからの時間を過ごしていた。

そして杏子は冷静になるよう、自分をコントロールする事につとめた。

二日目の朝、病院で必要な物をメモして三の宮に出た。何の変わりもない騒音の中、街は動いていた。

杏子は老人の名刺を見ていた。

「神田登さんですか」

杏子は少しためらいつつ、電話をした。

「ハイハイ」

とゆっくり老人の声がした。

「木代杏子です」

「やあ、びっくりしたな。あの日は、ありがとう。

貴方には、失礼だったかも知れませんが、私は久しぶりに幸せでした。うれしいな。

どうしました」

杏子は、思いきって、云った。

「私とデートしていただけませんか。今日の夜のお食事を御一緒に」

「ほんとですか、うれしいですよ。あれからお逢いしたいと思っていましたからね。

何処で待っていたらいいですか。あのコーヒー屋はいかがですか。五時頃あそこに、僕は居ることにしましょう。うれしいですよ。待っていますからね」

神田はうれしそうに電話を切った。

杏子は三の宮から一度家に帰りシャワーを浴びた。

どうして私はこうも大胆に振る舞う事ができるのか、杏子は自分にびっくりしながら、ひょっとして短い人生になるかも知れない日々を、思い切り生きてみようとしているのかも知れない、と思った。

白いジャケットに紺と白のチェックのスカート。自前て買った紺色のつばの広い帽子を、深く被り、少し赤いシャネルの口紅をつけてカフェに向かった。

杏子のかかえている暗い出来事など誰も気づかなかった。それどころか、その美しい姿に振り向く人もいた。

杏子は五時ちょうどに着いた。老人は早くから来ていたのか読みかけの新聞が広げられていた。

「すみません。突然電話して」

杏子は白い歯を見せ美しい笑顔で云った。

「元気でしたか」

老人は久しぶりに逢う娘に云うように、ふと思い出す、父の顔をして云った。

「今日も美しいですね。杏子さんはほんとうに美しい。今の男は一、何を考えているんだろう。ここにこんな美しい女性がいるのに早く良い人が見つかればいいね。

私はさびしいけれど、ね」

老人は、また、父の顔をして云った。

「私、今日、おもいきり美味しい物が食べたいんです」

老人は何かあったのですか、と聞いたが、杏子は、久しく美味しい物を食べていませんからと、何もなかったように云った。

「そりゃいい。私も最近手軽な物ばかりで、そう言えば、美味しい物を食べていないな、杏子さんは若いから洋食がいいんじゃないですか」

「いいえ、私は意外と何でもいただけるんです。和食でも、洋食でも」

「そうですか、じゃあ、今日は私に任せていただきます。又奇跡なんです。この歳でこんな美しい女の人と食事が出来るなんて、生きてみるものですね」

大げさと云えるような言葉で、仕立てのよさそうなスーツに濃紺のシルクのブラウス風のシャツがゆったりと老人の身体を包んでいた。

若いころは相当なオシャレだったのだろう、杏子は趣味のいい老人に安心していた。

「じゃ、ぼつぼつでかけましょうか。車でいってもいいのですが、駅が目の前ですから、いいですか」

三の宮までの切符が用意されていた。

十五分くらいで三の宮に着いた。

「ロイヤルオークホテル」

老人は昔の商社マンのような口調で運転手に云った。かしこまりました、運転手も二人の様子に丁寧に答えた。

ホテルに着くと、マネージャが入口に迎えるため立っていた。久しぶりですね、ようこそ、お待ちして居りました。マネージャは昔よく利用していた客に最高の言葉で、神田を迎えた。予約していたのか、奥のステーキハウスに通された。

杏子は、突然の申し出に、予約までして気遣ってくれる神田に感謝した。

「美しいホテルですね」

うれしそうに杏子は云った。

「妻が早く亡くなったものだから、息子や娘、時々女性ともね。やあ、昔のことです。また来られたのは、杏子さんのおかげです。感謝しています。

老人と云うのは、過去の産物ですからね。何をしても年寄りのくせに、ですよ。でも老人も人間ですから、時々昔を思い出して、何かしたくなるんですよ。

この間の声掛けは快挙でしたね。今こうして杏子さんと食事が出来るんですから。貴方が美しすぎるから声をかけたんです。ちがっていたら今日はなかったかもしれません。

神様は時々幸せの種をまかれるんだね、と云っても、いつ死んでもいい年だからね。花を咲かせるのに……

ごめんごめん。今日は若い時のように、楽しい事だけ考えよう。好きなだけ食べて下さい」

杏子は安心して老人の言われるままに上質の肉を口に運んだ。

老人も杏子の半分程の上質のヘレのステーキと、車エビの蒸し焼きを美味しそうに食べた。

食事の後、老人と杏子は、カフェの方に席を移した。

神戸の港の灯りが美しく輝いていた。船のように明かりをつけた、海に浮かぶホテル。観覧車が種々な彩を変えながら回る。手を伸ばせば海の水がすくえるような錯覚を覚えそうな距離にある海のキラメキ。

杏子は、老人の神田に感謝をした。お金があって一人でこのホテルに来たとしても、この安心した幸福感はないだろうと思った。

ひょっとして癌と云う怪物にとりつかれたとして、私はいずれ死ぬだろう、だから今の現実が嬉しかった。年寄りが若い女に声をかけた快挙と同じように勇気を出して老人に食事を呼びかけた自分が同一だと変に納得した。

「このホテル、気に入ってもらいましたか。また来ましょう。そして、もっとすばらしいところがありますよ、人畜無害の老人ですから。

何でも云って下さい。お父さんと、思って」

老人はやさしいまなざしで云った。

杏子と老人の時間は、ラウンジの最高の歌を唄うシンガーのラストソングの予告と共に近づいた。

「帰りますか」

老人が云った。

杏子も、

「ありがとうございました。とても幸せでした」

「車を呼んで下さい」

老人は、芦屋までの帰宅を告げた。

芦屋までの車の時間は三十分もかからなかった。

「又、電話して下さい」

老人は明日にでも、と云わんばかりに淋しい顔をして云った。

「はい、又よろしくお願いします」

杏子も四日後に控えた手術の事を考えながら、手術前にもう一度逢いたいと思っていた。

二日して、また杏子の方から老人に電話をした。老人はうれしそうに承諾した。

二人は昼前から、有馬にいた。

銀山と云う、有馬一、二の旅館で、一見様お断りの宿であった。それでも、最近は紹介がなくても昼の食事ができたり、入浴が許されるようになっていた。

「今日は、私の御招待です。お部屋で、お昼の食事が出来ますから、ゆっくりなさって下さい。オークホテルのお肉がとても美味しくて、今でもあの余韻が残っています。今日は和食にいたしました。夕方まで、お風呂にでも入って、ゆっくりなさってください」

「バカだね、招待などと言わないで下さい。お金は余るほどあるんだから。杏子さんは、気遣いなしでいいんだ。半分、父さんだからね」

それでも杏子は招待にして欲しいと云った。

老人でも、プライドがある。若い娘に奢らせることは恥ですよ、と諭した。

杏子は、

「すみません」

と云うと、今日さそった自分に後ろめたさを感じていた。

老人は云った。

「僕はね、杏子さんと逢える事がうれしいのです。青年のように心がはずむんです。杏子さんに、嫌われるかもしれませんが、毎日でも逢いたいですよ。

だから何も気を遣わなくていいんです。千回逢っても、僕の金はなくなりません。何の心配もいりません。何か欲しい物があれば、何でも買ってあげる。私は残り少ない自分の人生に君の様な美しい人に逢わせてくれた人生に感謝しているんです」

杏子はすみません、と云って、しばらくして意を決して云った。

「あの！　神田さんとお逢いしたあの朝病院に行った帰りだったんです。とても悲しい日でした。お茶にさそってくれた神田さんに普通では考えられない行動で、男の人について行ったのです。病院の帰りでなかったら、きっとお断りしたと思います。

今まで何度か道で、お茶にさそわれた事はあります。いつも急いでいますからと云ってお断りしてきたのです。きっと神田さんも軽い女だと思われたでしょう。あの日の私は異なっていたのです。癌の疑いを言われた帰りだったんです。でも、とても嬉しい時間でした。そして、とても美味しいステーキをいただいた時も、人生にはこんな幸せをくれる神様が居るのだと思いました。

実は、あさって市民病院で手術をします。私には父も母もいませんので一人で入院して一人で手術を受けます。今日は、神田さんのくれた言葉や食事に感謝するつもりで、恥ずかしい三回目のおさそいをしたのです。だから」

と云うと、神田は杏子の顔を見て云った。

「神様は美人薄命と云ったが、それは嘘です。美人は人々のために長生きして美しい姿、美しい心を見せてあげなくてはいけない。負けちゃいけないよ。

私なんかは年だから適当に消えなくてはいけないが、杏子さんは若い。それだけでも、財産なんだよ！」

老人の神田は、悲しい顔をして、しきりに言葉をさがして云った。

「あさってだね。今日と明日楽しい時間をみつけよう。今日は泊まるか。どうだ、いいか」

老人は、男とも、父とも、つかない顔をして云った。

杏子は少しためらったが、

「はい」

と小さな声で云った。

お昼のお膳が部屋に運ばれてきた。老人はお運びの人に云った。

「今夜は、泊めてもらいます。手続きをしておいて下さい。布団は、別々に敷いておいて下さい。離してね。娘が、きっといびきを嫌がりますから」

冗談のように、老人は云った。

昼食を済ませ、神田は杏子に有馬の街中をみることを勧め、有馬神社まで短い距離だったがタクシーを呼んでもらい、お参りした。神田の親心だった。

二人とも無言だったが、手術が無事終わる事を祈った。全摘手術を望んだ杏子は、子どもの産めない身体になったが、一応手術は成功した。

有馬の夜は、二人で風呂に入り、老人の背中も流してあげた。

夜は父に甘える娘のように細い腕をそっと持って寝た。


しばらくして神田は、息子の居る東京に行く事を杏子に伝えた。

杏子は老人故の結果かと、笑顔で神田を送った。

東京に行く前の二カ月は、杏子と老人の最後の極楽浄土だった。

老人が東京に行って、一年程して、老人ホームに入れられた事を伝えてきた。


杏子は、手術して二年三カ月、乳癌の転移のため、この世を去った。

出棺のとき、棺の上に乗せられていた黒く美しい色の、花がついた帽子は、有馬の帰りにマキシムで買ってもらった物だった。

しっかり遺書に書かれていた。

神戸詩譚　九区の詩《うた》

詩　岡本真穂
題字　上平梅径

住吉川

神戸の戸を開くと
太平洋の海によりそうように
細長い街が開ける
山と海に挟まれたこの地を
九つの区にわけ　この街の発展を願う
東灘区・灘区・中央区・兵庫区・長田区
須磨区・垂水区・北区・西区
住吉川は東灘の中程をすべり台のように
山から清流を運ぶ
枯渇する　川面を見せたり
あふれる様な　小石を洗う水の光を見せたり

細雪を書いた谷崎の倚松庵を横目に見ながら流れる
かつては　酒樽をあちこちに干しながら
酒粕を焼いて食べた　野外の灰の匂い
砂糖をおもいっきり包んで食べた
幼いあの頃を思い出す　蔵人は
この住吉川を　どの様に遊んだのだろうか
酒　と　谷崎　何と文学の
匂いのする　街であろうか

灘区　王子町三丁目

母さん　たしか行ったよな！
何
あゝ　あそこ
桜の花が　街の中心から離れた場所に
ピンクの塊を見せて
三宮発　大阪行
一人の青年の思い出を消すように
阪急電車の窓から離れて行く
母親は
あゝ　あそこ
と

云ったまま　次の言葉を断ち切った
神戸の子供達は幼い頃　一度や二度
父と母の手の温もりを感じながら
王子動物園で　遊んだ
春になると大きな枝を張る桜の木の下で手作りの
弁当を口一杯にほおばりながら当然のように幸せを
感じていた
桜の木は知っている　幸せそうな子供達の顔を
しかし　青年は　父親の顔を覚えていない
王子動物園に来た家族のドラマは　一様ではないらしい
灘区王子町三丁目一
ここに王子動物園がある

居留地から北野坂

窓を開ければ　港が見える
メリケン波止場の灯がともる

何処かで聞いた詩歌が目の奥で点滅する

大丸の西側にある　スターバックスの
外のテラスに座ると
神戸の居留地が、三角定規のように広がる
南に目をやると、何処からか海の香り
正面を東へ
少し遠くに　ルミナリエの灯りが夢のようによみがえる
その先の

南北に伸びる幹線は、神戸まつりの踊りの連や
サンバのリズムが激しく通り過ぎる
神戸中央区
居留地は　その昔　外国人が統制していたと聞く
北野から居留地へ
地元の人は　歩いて移動する
北野は流暢な日本語で外人が通り過ぎる
インド人の家族が　モスクに楽しそうに集う
賛美歌の美しい声が流れる
協会の道を
神戸中央区
外国文化が　神戸らしい影色を見せる
北野から　居留地　へ
居留地から　北野　へ

神戸の女は美しい

兵庫区の花
三色菫

兵庫区の花　三色スミレ
花びらの形が「兵」の文字に似ているとか
誰かが云った
兵庫区は　神戸のヘソだとも
昔の神戸は
兵庫区が中心
兵庫運河
楠木正成の戦った古戦場の湊川は埋め立てられて
湊川の遊園地　そして　湊川公園に
その下から有馬まで行ける神有電鉄
新開地の芝居小屋
福原の歓楽街

エエトコ　エエトコ　聚楽館
八千代座の歌舞伎芝居
兵庫大仏
柳原　えびっさん
平野の祇園さん
何とにぎやかなこと
ほんまに　ほんまに
エエトコ　エエトコ
兵庫です
一八二七年に創建された
湊川神社
兵庫区の今昔
両手を広げ
神戸のヘソを静かに
見守っている

長田はん

生田はん　楠公はん　長田はん
神戸で代表されている神社
…はん
と呼ばれていた　と　むかしの神戸と
云う本に書かれている
…はん
何とやわらかい言葉であろうか
柳原のえびっさん　時々耳にする
えびす神社に行く　と　云うより
えべっさんに行くと云う方が
馴れ親しい

――はん
――さん
神戸言葉が何処にあるのか解らない
昔の人は　言葉回しが　やわらかい
初詣は　生田神社で
楠公さんで　お茶会があるの
若人は
生田はん　楠公はん　長田はん
いつのまにか　遠い言葉になっている
明治の頃
長田神社の境内で鶏が放し飼いされていた事も
散歩に立ち寄った外国人が
「チキン　テンプル」と呼んでいた事も
遠い昔の言葉だ
長田区は

阪神淡路大震災を一生忘れない
鉄人28号が　震災を忘れるものかと立っている
大きな悲しみを閉じ込めた大きな巨人
その大きさだけ　悲しみが　大きい
焼け野原となった　長田の街を歩いた
くすぶった煙　その匂
頬をつたう　涙を　ぬぐう事すら忘れた
今も　くすぶり続けた　あの荒野を
忘れる事はない
孤高の人を書いた　新田次郎
神戸を愛した詩人　竹中　郁
もし　あの場に居合わせたら
何と書くだろう
長たよ　　ガンバレ　と
長田はん

長田はん

長田はん

雅なる須磨

満月に照らされた　水面
金波　銀波のキラメキが　雅楽の音色を忍ばせ
美しく立ち舞う古えの幻想

恋ひわびて泣く音にまがふ浦波は
　思ふかたより風や吹くらむ

源氏が自ら進んで都落ちをしようと
須磨へ落ちて行く、ストーリーを企画した
紫式部は、現在の私達に　須磨と云う
キーワードを残してくれた
須磨は
神戸人にとって上質の思いをさせてくれる

土地だ
山陽電車須磨駅から続く須磨寺への参道
広くも　狭くもなく、丁度良い道巾が心地良い
須磨寺に辿りつく手前、仏師の鑿の音が
静かに聞える
その静寂は青葉の笛と共に栄枯盛衰の
哀れを呼ぶ

離宮公園　　水族館　　海水浴
琉人の一絃琴

JR須磨駅は　夫の死後　意味もなく
何度も駅に降り立ち　遠くの海をみつめ
答のないまま　北野に帰った
私は何を考え　須磨に行ったのだろう
そして　二十四年　の月日が流れた

ゼラニウム
坂道橋の街垂水区

山と海が近い神戸
中でも　山裾が海辺に迫り
浜手から　丘陵地が広がる垂水区
昔
白砂に松の木が東西に日陰を作り
美しい街道を人力車が行き来する
万亀楼　左海屋

昭和の始め
大阪、京都の実業家が別荘を
持ち料理屋に集う

上質の料理屋の格子戸の窓から
松風と波の音を乗せながら通り抜ける
なんと贅沢な時空
海に憧れ垂水の心地よさに満足する
イギリス人　ジェームズ
中国人　　孫文
神戸の外来文化を　兵庫港の略歴が
さまざまな史跡を伝える
垂水駅に近い海神社
神々はその土地によりそい土地を守る

何処からか
よさこいの音が聞える
それも時の流れか

神戸北区は緑といで湯

神戸北区は　緑といで湯
金、銀踊る　湯の花よ
有馬温泉　慈悲の湯か
神戸市民は忘れまい
震災疲れの　身体を包み
涙　流した　あの時を
東・西・つなぐ　区の街が
北区・西区が　屋根となり
神戸を守り　うれしやな
フルーツ・フラワーパーク・スポーツ公園
しあわせの村とは　これいかに

茅葺き屋根は　昔の誇り
神戸北区は　打出の　小槌
神の戸　たたけば　ざくざく　と
思いの花が　咲く所
春夏秋冬　おいでませ
大岡様や利休様
谷崎様や司馬様も
有馬大好き　遠き人

最終章　西区の花　なでしこ

物事には起承転結と云う言葉がある
太平洋の海によりそうように
八つの区が東から西へそれぞれの神戸を見せながら　華のように栄え
いよいよ　九つ目の区が　垂水区の北側に　西区と云う存在を見せながら
神戸詩譚の最終章を迎えようとしている
西区の区花は　なでしこ
美しく親しみやすいうえ　安価で入手出来る理由があるらしい
長閑な伊川谷の影色の中に　なでしこの花が静かに群れる
源氏物語　第二十六の巻名は「常夏」
ナデシコの異称らしい
光源氏が歌で養女玉鬘を撫子にたとえ詠んだ歌がある
撫子のとこなつかしき色を見ば

もとの垣根を人やたずねむ
とにかく神戸は奥深い
太山寺の東側を流れる伊川谷左岸の花崗岩壁に刻まれている磨崖仏
像足下の滝の音が仏の憤怒の声に聞えるとも云う
義経道と云われる　押部谷、木津から藍那へ通じる鵯越道
ここで見られる木津磨崖仏
室町中期の作とか　木津フレクシャーと呼ぶ断層の一部の礫岩壁に
石大工兵衛と云う人が、街道往来の安全を願って彫ったと云う
中央に阿弥陀如来　左右に三体ずつの地蔵菩薩が浮き彫りされている
神戸八区を書いて　神社　仏閣に感謝し　神の戸と書く神戸に
北区の知らない史跡にふれ　九区の完了を見る
多くの神が鎮座する神戸に神戸侍禪の最終章とする
合掌

知れば　知れ
神戸を包む　オーラこそ
民の知恵と　神の加護

これが私

若い頃の母。とても美しい人だったよう。
いつか母はシングルマザーになって私を育てていた。
後に吉本という神戸商大出のすばらしい人と出逢い、
私は吉本満璃子になる。

父
一夫おじさん　私　母

若き日の父（左）

母と私

私の父
福知山の瓦屋の家系
父・利夫の父が瓦屋をつがず浄瑠璃に出逢い、
こしころ太夫という名で三味線を弾いていたようだ。
浄瑠璃の本を書いていたという。
私が本を書くのもそのせい。

パパとファミリー
　三人の子供達は成人に。
　長男にはとてもかしこいカッコいい孫がいます。

長男　　長女

知人の結婚式に参加

私の結婚式

長男と長女
螺旋階段のある家を建てました。
二人とも若い。
長男は今はすこし白髪が。

ウィーンのニューイヤーコンサートに行った頃の私
二階のロイヤルBOXにいる私はシンデレラ姫のように
時間が過ぎると馬車がパンプキンになったような夢のひととき

人生で一番美しい
会場で過ごした、
私最大のイベント

人生最大の神戸震災二年後に、
神戸が元気になるようこわさ知らずの企画をした3000人のワルツの夕べ。
400万程の赤字を出したが三年で返済した。
主人が生きていたらすぐ離婚されたでしょう。
その時主人は若くして亡くなっていました。

優しい私の父（育ての）
本が大好きで母を愛した静かな人

今はなき山一證券の店頭に出る女性の第一期生として
神戸新聞をにぎわせた

小説御影出版記念の会場で

今の私　友人の写真集に参加

オールスタイルのニットの
デザイナーをしていた時

書道の梅径先生と梅径先生の実家でよく
仲間と美味しいごちそうをいただいた
今も私の本の題字を書いてもらっている
左上、私のとなりはテレビなどによく出ているギタリスト

ウィーンで美術館めぐりをした

短編　冬のザルツブルグを書いた頃のウィーンの仲間

芦屋倶楽部文学賞をいただいたのがきっかけで
多くの作品が生まれました。

私の人生の大事な外国人の友人
フロインドリーヴ氏（中央）
ママもパパももうこの世にいません

岡本 真穂（おかもと　まほ）

関西詩人協会会員　神戸芸文同人　神戸異分野交流会会長
主な著書
『花野』（2000年 澪標）、『御影』（2001年 澪標）、
『風の吹くまま』（2003年 澪標）、『神の水』（2004年 澪標）、
『神戸はしけの女』（2005年 新神戸出版）、『神戸蝉しぐれ』（2006年 竹林館）
〒650-0003　神戸市中央区山本通2-2-2-501

虚無僧と笛

二〇二一年十二月十日発行

著　者　岡本真穂
発行者　松村信人
発行所　澪　標《みおつくし》
大阪市中央区内平野町二 - 三 - 十一 - 二〇二
ＴＥＬ　〇六 - 六九四四 - 〇八六九
ＦＡＸ　〇六 - 六九四四 - 〇六〇〇
振替　〇〇九七〇 - 三 - 七二五〇六
印刷製本　亜細亜印刷株式会社
ＤＴＰ　山響堂 pro.